烏《う》羽《ば》玉《たま》の夢

谷口弘子
TANIGUCHI Hiroko

文芸社

目次

夜叉姫

十八年の月日が過ぎていた。

父の維盛《これもり》が那智の沖で入水してから、私は今、母と共に京を発ち、ここ和歌山の東、藻《も》瓏《ろ》湾というところにきた。古くからの知り合いの寺院があり、そこに逗留している。

那智の沖までは、遥かに遠いが広い海で繋がっている。

父が那智の沖から小舟で、昔補陀落渡海《ふだらくとかい》がなされたという島のひとつ、山なりの島へ渡り、松の樹に次のような辞世の言葉を書きつけた。

祖父太政大臣平朝臣清盛公、法名浄海。親父内大臣左大将重盛《しげもり》公、法名浄蓮《じょうれん》。

三位中将維盛《これもり》、法名浄円《じょうえん》、没年二十七歳、寿永三年（一一八四）三月二十八日、那智の奥にて入水す。

従者足助二郎重景二十五歳、石童丸十八歳殉死す。

そして、そこからまた小舟で遠い沖に出て入水した。

従者は他に二人いた。一人は祖父重盛の侍従であった斎藤時頼《ときより》で、今では出家して滝口《たきぐち》入道《にゅうどう》となっている。あとは舎人《とねり》（牛車の牛飼い）武里。

父は風の便りに聞いていた高野聖《こうやひじり》の、滝口入道を頼って登ってきたのであった。

平家が西国へ落ちていかねばならなくなり、父維盛との最後の別れとなった寿永二年の夏の日を、終生忘れることができない。

父にすがって、兄の六代丸《ろくだいまる》（平高清《たいらのたかきよ》）も私も母も泣いた。ほとんどが、家族を伴っているというのに、父は私たちを都に置いていくというのである。

「日頃から言っていたように、私は人々と一緒に都を出ていくが、本当は私もあなたたちを野の末、山の末までも連れていきたいのだけれど、子供たちはまだ幼いので、どこへ行っても落ち着くことはできないであろう。源氏共に、斬られてしまうかもしれない。そしてもしや私が、世に亡き者と聞いたとしても、決して出家して尼にはなってくれるな。

どんな人とでも再婚して、幼い者たちを育て、我身の後世を弔《とぶら》ってほしい」

と母に懇々といって聞かせた。

母はしばらく返事をしないで、上衣で顔を覆い泣き臥していたが、行こうとする父の袖にすがり、

「都には親もいません。捨てられてのち、誰と結婚しようなどと思ってもみないのに、そんなことをおっしゃるあなたが、うらめしいです。

生まれる前の世から結ばれるように定められている宿縁で、あなたこそ私を愛してくださるとしても、他のどの人も同じように情をかけてくださるはずがありましょうか。どこまでも、伴ってくださり、同じ野原の露とも消え、ひとつ海の底の藻屑ともなりましょう、と契りましたのに、夜の寝覚めに交わした睦言《むつごと》は、皆偽りだったのでしょうか。私一人の身でありましたなら、捨てられても仕方ありませんが、この幼い者共をどうせよ、とおっしゃるのです」

というと、

「今は何も用意できていない。どこかの浦にでも落ち着いたなら、きっと人を迎えによこすから」

と思い切ったようにいって、対の屋から釣殿《つりどの》に通じる渡り廊下に出て、父は鎧《よろい》を着、出入口から引き寄せた馬に乗ろうとしていた。

その時兄の六代は、父の鎧の袖にすがり、私は草摺《くさずり》（鎧の胴の下に垂れ、腰部を覆う防具）をしっかりかかえて「父上、どこへ行かれるのですか。私も一緒にいきとうございます」

といって、泣き叫んだ。

この時、馬上の資盛《すけもり》、清経《きよつね》、忠房《ただふさ》、有盛《ありもり》、師盛《もろもり》ら、父の弟たちが門から庭園に勢揃いし、

「主上（安徳天皇）は、もうずいぶん遠くに落ち延びられましたことでしょう。兄上はいかがなさったのですか」

と、それぞれが声をあげた。

父は馬に乗って庭に出たものの、今一度引き戻ってき、寝殿の縁側の近くまで馬を寄せて、弓の筈末《やはず》で御簾をざっとかき上げ、

「あなたたち、これをみておくれ。幼い者共があまりに慕うので、あれこれとすかし、なだめているうちに、思いのほかに参るのが遅くなってしまった」

涙を流しながら父はいった。庭園の叔父たちも皆鎧の袖で涙を拭いた。

斎藤宗貞《むねさだ》、宗光《むねみつ》の年若い侍が、それぞれに父の馬の両方にある金具を持って、

「どこまでもお供させていただきます」

という。

父は、

「そなたたちの父は、今日このようなことがあるのを予感して、自分は戦場で討死したが、そなたたちを連れてはいかなかった。

私はあの六代を置いて行くので、世話をしてやっておくれ」

そのようにいわれて、実盛の子息の斎藤五（五郎）、六（六郎）と呼ばれる兄弟は、涙を抑えてこの地に残った。

母も兄も私も侍女たちも庭にころび出て、父たちのあとを追いながら泣き叫んだ。私はあの時の優しい父の顔、姿を今でも忘れることはできない。

平家のほとんどの人たちが、西国へ落ちていったが、あとは、六波羅、池殿（平頼盛の邸）、小松殿といわれた（祖父重盛の邸）、曽祖父清盛の別邸があった西八条から、一門の公卿、殿上人の家々、付人、供人の宿所、広く在家までを焼き払っていった。

私たちはその後、嵯峨小倉山の麓の大覚寺北にある菖蒲谷の僧坊（僧や尼僧が起居する宿舎）に、斎藤五、六や侍女たちとひっそりと暮らした。

父維盛の位《くらい》は、従四位下右近衛権少将《うこんのえしょうしょう》、中宮権亮《ごんのすけ》、伊予権介《ごんのすけ》をも兼任していた。安元元年（一一七五）春初旬、後白河院の五十《いそじ》の宝算賀が催された。初日は法住寺殿で、二日後の三月六日は、ことに歓びをつくす日で後宴と呼ばれる。この時、父は最勝光院の舞台で「青海波」を舞った。

桜萌黄《さくらもえぎ》の衣、山吹の下重《したがさね》、右の袖を肩脱ぎ、羅鈿《らでん》の細太刀を身に着け、足踏み、袖ふる水際だった姿は、満開の花にみまがい、物語の光源氏のようだと人々はいい、桜梅少将と称された。

舞い終わって楽屋に入る時、後白河院からお誉めの言葉があり、女院からお引出物の御衣に、紅の袴を賜わった。父の重盛卿が御前に進んで受け、御衣を右の肩にかけて院に御礼を言上した。

この頃には、兄と私はすでに誕生していた。

幼児ながら私は、優雅な父の姿と、その身辺から漂う父の芳香を鮮明といえるほどに覚えているのである。

「青海波」を舞った以前から父は、御所の御遊召人《めしゅうど》として内侍所の御神楽を奉賛し、「笛少将」とも「付歌少将」ともいわれた。

承安二年（一一七二）二月十日、新中宮になった平徳子《たいらのとくこ》のため、院の殿上で催された立后《りっこう》祝賀で、一献を奉納した折、作法優美と賛えられた時は、弱冠十四歳であった。

後白河院の五十の賀の翌年、院の寵妃で高倉天皇の御母、建春門院が崩御された折には、道場の祭壇に捧物をした。中宮亮の重衡《しげひら》と中宮権亮の父維盛が、共に金銀の打枝に供養の品々を結びつけ供するささげ人の役を勤めた。

この時も、絵物語から抜けでたような美しさに、哀しさが重ねられ、並いる人々の眼を奪ったという。威儀を正してつつましく、仏に奉仕する父維盛の姿は、初々しく艶であったという。

私はこれらの話を母から直接聞くよりも、母方の祖母が話して聴かせてくれた。

祖母は京極局といい、藤原俊成の娘で定家の姉であった。後白河院に仕えていた。母は後白河院の寵妃で皇后建春門院平滋子《しじ／しげこ》に仕えた、女院のお気に入りの女官のひとりで、御所の近くに局《つぼね》をいただいていた。十二歳の頃からである。和歌も詠んだ。

母の父、私の祖父藤原成親《なりちか》は娘を宮中に入れて、女御后の位を願っていた。後白河院は容顔美しいという母の噂を耳にされ、秘かにお文を遣わされたという。母にはすでに殿上祝賀の席で、自分を見初めてくれた小松殿公達維盛の申し入れがあったので、母もまた思慕しつづけていたのであった。

後白河院からは御幸の知らせがあり、祖父は喜んだが、母が拒むので立腹し、母を隔離してしまう。乳母の兵衛佐ひとり許されて、母に近侍する。

乳母は、母が書いた和歌をみて、母の忍ぶ恋を知る。その和歌には、維盛への深い思慕の情と愛の気持ちが込められていた。乳母の配慮で使者が遣わされ、やがて母は父維盛の車に迎えられることになる。

祖父の成親は、後白河院に近侍する権大納言正二位にある公卿であった。

安元から年号が替わり治承（一一七七）となった年の正月に、父方の祖父小松家の重盛が左大将となり、同じ年の三月五日には内大臣、大将も兼ね、同じ年に右大臣となった異母弟の宗盛がお伴をして、院にお礼言上の拝賀にあがる。

人目を、そばだたしめる威勢であった。

この時が平家一門の盛りだったように思う、と祖母はいうのである。

それからわずか二十日ばかりあと、後白河院の近臣である母方の祖父成親はじめ、祖父の兄西光（藤井師光）平康頼、平佐行、惟宗、信房、中原基兼らが俊寛僧都の鹿ヶ谷の山荘で、平家打倒の密議を行ったというので、平家によって捕らえられた。

後白河法皇（すでに四十三歳の折に、出家され法皇となられた）と平家の清盛の間に、徐々に齟齬《そご》が生じていた。祖父成親個人の事情によれば、自分が左近衛大将の位を望んだのに許されず、清盛の息子たち重盛と宗盛兄弟が、左右大将となった事態への不満にも依った。

鹿ヶ谷での平氏討滅の謀議は、同志のうちの有力武士のひとり、摂津源氏の多田蔵人行《くろうどゆき》綱《つな》の裏切りがあり、陰謀を清盛に密告したため、関係者が一網打尽に捕らわれてしまったのである。

この時、法皇の近臣が集められ、院宣といって源氏の武士たちも集められていたという。西光と成親は刺殺され、成親の子の成経や康頼、俊寛は鬼界ヶ島に流された。

この事件に際して平氏の軍兵に囲まれた法皇は、

「『こは、されば何事ぞや、御咎あるべしとも思い召さず』といい放たれなされたそうな。何と傲頑でふてぶてしく、非情に徹し切っておられるお方ではあることよ」

と祖母は私に語った。

以前に法皇から祖父成親は、法皇の寵愛する女御を下賜され、祖母京極局との間柄は淡々しくなっていたという。そんなことからも祖母には、実感がこもっていたのだろう。

成親は捕らわれてのち、重盛、維盛父子のたってのの命乞いで、危うく助けられて備前に流罪になった。しかし配所で毒を盛られ、崖下の菱（二叉になった槍の穂先のような武器）を植えた上に突き落とされての惨い最期であった。

成親に下賜された女御は、その後、髪を下ろして何某の御寺に入ったという。


西奔した平家は旧都福原に入り、大宰府、讃岐の八島で戦い、寿永三年（一一八四）正月には再び福原に戻り、二月に摂津国一ノ谷の合戦で義経軍に敗れた。

この時から四年前の治承四年（一一八〇）、源頼朝が関東で挙兵した時、父維盛は追討使の総指揮官として派遣され、富士川をはさんで対陣したが、水鳥の羽音に驚き、戦わずして敗走し都に逃げ帰った。

それから三年後、今度は源義仲を北陸に討ったが、砺波《となみ》山で奇襲に遭い、倶利加羅谷で壊滅したという体験をしている。

これらの戦いに、総指揮官として第一線に立った父維盛のことを、祖母は、

「重盛卿がご存命ならば、御曹子がこういうこと（戦《いくさ》の前線に立つこと）はあり得ないのに……」

と婿の不運を私に話し、「夜叉姫よ、世の中とは、こうしたものだ」と言い聞かせた。

平清盛の血筋の直系は、小松家から宗盛、知盛（母は二位の時子）に移っていた。

洛北、大覚寺の奥の僧坊で、忍んで暮らしていた母と私たち兄妹は、日々父のことを想い（今日も船に乗っておられるのだろうか）（今日は合戦があって、討たれなさったのではなかろうか）と心配し、母は貧しい食事ながら、父のための陰膳を欠かさなかった。

「今度の一ノ谷の合戦で、平家軍は大勢戦死し、その頸が都に戻され晒される」

という噂を母は聞き、斎藤五、六を首検分に行かせた。

姿を窶《やつ》して出掛けた二人が、戻ってそれぞれ言うには、

「恐ろしいことでございます。存じ上げているお方々の頸を見て、あまりに悲しく涙が止まりませなんだ。その場に居るのが辛くて。三位中将殿のお頸《くび》が、なかったことは確かでございます」

「小松殿の公達では、備中守師盛殿のお頸が」

とのことだった。師盛は父維盛の末の弟である。

他には通盛、業盛、忠度、知章、清貞、清房、経正、経俊、敦盛の公卿の名をあげた。

これは後年、乳母から聞いた話によると、生田一ノ谷の戦いは長時間つづき、源氏平家方共に無数の戦死者が出た。

櫓の前や逆茂木の下には、人馬の死骸が山のように重なり、一ノ谷の小篠原は緑の色が一変して薄紅に染まった。

一ノ谷、生田の森の山のそばや、海の渚で射られたり斬られたりして死んだ人は別として、源氏側に掛けられた首だけでも二千余人に及んだという。


父維盛は病《やまい》のため、一ノ谷の合戦には参加できず、屋島に残っていた。

屋島で書いた父の手紙が母と私たち子供宛に、武士によって届けられてきた。

母へは、

「都にいて、どのように心細い思いをしていられることでしょう。頸のなかに私がなくても、水におぼれて死んだのではないか、矢に当たって命を失ったのではないか、本当にこの世にいるのかと、どんなに心配していることでしょう。私の露のように儚い命は、今まだながらえています。

都には敵《かたき》がみちみちて、あなたの御身ひとつの置きどころもないのでしょうに、幼い者どもを連れて、どのように悲しい思いをしていらっしゃることかと……。

私の居るところへ迎えて、同じところで一緒に生死を共にしたいのですが、あなたにそれをさせるのは心苦しくて……」

と父は心情を吐露したあとで、一首の和歌を書いていた。

いづくとも　知らぬあふせの　もしほ草
　かきをくあとを　かたみとも見よ

兄と私には、

「六代君よ、夜叉姫よ、毎日を、どのようにして過ごしていますか。何か楽しいことをみつけていますか。

急いでお迎えをやりましょう」

という同じ文面の手紙であった。

なつかしい父からの便りが、私にはどれほど嬉しかったことか。胸に抱きしめて狂喜した。

しかし母は、父の便りを読んで、嘆き悲しんだ。

兄と私が、

「母さま、父御前へのお手紙には、何とご返事すればいいのですか」

と問うと、

「ただ、あなたたちの思いなさるようにお書きなさい」

と母は淋し気ながらそういった。

「父御前は、なぜ今までお迎えをくださらなかったのですか。あまりにも恋しく、恋しく思っていますのに、一日も早くお迎えを寄こしてくださいませ」

兄と二人して同じことを書いた。

しかし私には、これが空しい願望でしかないことを、感じていた。父にとっても同じ思いであったろう。私たちが父の許へ迎えられたとしても、またたとえ父が都へ帰っても、どちらにしても共に死ぬより他はないということを。

父はそうして屋島から船を出して、紀伊の港に向かった。波荒い鳴戸の沖も漕ぎ渡って、高野山に登り、滝口入道に会い、この聖の先導で高野の聖地を巡り、ここで父は出家をする。従者たちも、それにならった。そのあと粉河寺から、熊野三山を巡り那智の沖に出たのである。

巡礼の間も父は、都に帰って母や兄や私に逢いたいと、どれほど思ったことであろう。まして落髪の後は、もしかしてこの姿ならば都に帰っても、源氏に咎められないのではないか、と考えたかもしれない。

ずいぶんと未練を残しながら、最后《さいご》の刻《とき》には舟の上で、西方に向かい手を合わせ、高声で念仏を百遍ばかり唱え「南無」と唱える声と共に海に入ったという。つづいて兵衛入道も石童丸も念仏を唱えながら、父の供をした。

武里には父の命令として、屋島に戻り、弟の三位中将資盛と新少将に会い、遺髪と遺品を渡し、遺言を伝えるようにと命じた。舎人の武里も、主の父と共に海に身を投じることを願ったというが。

屋島からは母の許に使いが来て、舎人武里の言葉が伝えられた。

私には乳母が話してくれた。

「滝口入道を訪ねて高野の聖地に辿り着いた父の姿は、浪に晒され塩風に黒ずみ痩せ衰え、髪も疏《まば》らで物思いに沈んでいた。しかし装束は、深編笠を真深く被り、古錦襴の下衣に紅梅萌黄の浮文《うきあや》に張裏した狩衣《かりぎぬ》を着け、紫裾《すそご》濃の袴、平塵《ひらじり》の細鞘を腰に下げ、摺皮《すりかわ》の踏皮《たび》に同じ色の行纒《むこうばき》を当てていた」と。

足助二郎重景も、また父と同じように痩せ衰えながら、立烏帽子《たてえぼし》に卯の花色の布衣を着て、黒塗の野太刀《お》を帯びていた。それぞれが青竹の杖に身を持たせていた。

そして乳母は、

「あの衣装を召しておられた折の三位中将維盛さまの、都でのお姿が偲ばれます」

といって涙を流した。

この年寿永三年（一一八四）は、三月で終わり元暦となるが、明けて文治元年となった年の二月、西海では屋島の戦いがあり、三月二十四日には、安徳天皇が祖母の二位時子と共に海に沈まれ、平家は壇ノ浦で源氏に敗れた。

やがて都へは平家の残党の人たちや、建礼門院はじめ女性や幼い人も帰ってきて、しばらくは騒然となった。

母と兄六代と私は、ひっそりと大覚寺の奥の僧坊で暮らしていたが、やがて兄の六代が鎌倉幕府の頼朝や北条氏の命令によって捕らわれる。平孫狩りということが、行われたのである。

父の悲報のあと、つづけざまの辛い出来事に、母も私も、なすすべもなく悲嘆にくれた。

鎌倉武士によって、六波羅に連れられていく兄六代の、母に残した健気な言葉や様子が切なかった。母は兄に黒檀の数珠を持たせた。近頃、父の面影に似てきてもいた。

母の悲しみに沈む姿は、見ているのも辛かった。気を取り直して、私がそっと話し掛けても遠くを見つめて悄然とし涙を流しつづけている。

この時は乳母の気転と働きで、兄六代の命は助かったのである。乳母は、この僧坊から近い高雄山神護寺の文覚上人に助けを求めてくれた。

文覚は頼朝の信頼を受けている聖である。

文覚は六波羅探題（主脳者）に申し出て、六代の処刑を留め、鎌倉の頼朝に会いにいく。

頼朝から、

「まことや小松三位中将維盛卿の子息、尋ねい出されて候なる高雄の聖御房、申しうけんと候。疑いをなさず、あずけ奉るべし

頼朝（判）

北条四郎殿」

という書面をもらって、兄六代は危うい命を助けられ、高雄山神護寺の文覚の許に預けられる。

兄はその後、文覚の弟子として修行して出家し、妙覚となった。

母が吉田経房《つねふさ》という公卿と再婚した。

兄の命は助かったものの、打ち沈んでいた母の様子を漏れ聞いたのか、経房はまるで真綿で包んで掬《すく》いあげるようにして、母と私と、そして従者たちも邸に迎え入れてくれた。経房の邸は御所に近い勘解由小路の南、万里小路の東にある。この頃の地位は従三位、権中納言その後関東申次に就任し、民部卿権大納言となった。

十二歳で権中右弁であった父を亡くし、後ろ盾のないまま自分の努力と力量で、朝廷にも平家にも源氏にも信頼され、実務能力を買われ次第に昇進を重ね要職に就いた。

さらに吉田経房と母や私とは、血縁関係からいっても、親しかった。

年が経って、経房が神楽岡の麓に建立した浄蓮華院の、落慶供養の日には、母の親戚縁者を多数招いてくれるという配慮である。

顔ぶれには、冷泉中納言藤原隆房（母の父方の従兄弟清盛の娘を妻にしている）、皇后宮権大夫実教（成親の弟）成親は母の父、私の祖父で（鹿ヶ谷の密議に加わって平氏に処刑された）であった。

大蔵卿藤原親雅は、姉が成親の妻で成経の母に当たる。成経の異母弟親実。名前だけをあげると、経家、顕家兄弟、雅行。祖母の弟たちにあたる藤原成家、定家兄弟。母の縁者は、出席者の三分の一をしめていた。

後年離別することになるのだが、私はこの時、経房の孫（娘の息子）実宣と結婚していた。

兄六代、出家して妙覚が、北条によって捕らえられ斬られたのは、この日より一か月前のことであった。

今の帝（後鳥羽）の意向で、文覚が捕らわれ、隠岐に流された。兄は文覚という後ろ盾を失ったのである。頼朝の力では、どうにもならなかったという。

平家の末裔というだけで、兄に何の罪咎があろうか。惨いことである。

荘厳な寺院の香煙につつまれた厳粛な祈りの場で、大勢の身内の集まりは、少しの間でも、母の悲しみを慰すことになったのではなかったろうか。

御堂の供養の日は、正治元年（一一九九）十二月二十四日のことである。

経房の建立した浄蓮華院は、完成には至っていなかったが、死期の遠くないことを悟った経房が、二十歳も若い妻のために、最後の霽《は》れの場を設けてくれたのだった。

この翌年正治二年二月三十日に経房は、五十九歳で世を去る。堂供養から二か月余日のことである。

そして亡くなる二日前に、遺産について土地処分状を書いた。そこには、母に対する領地分譲が指示されていた。

経房の先の北ノ方との嫡男定経《さだつね》は出家していたので、財産の分与対象から除外される。代わりにその息子資経が、多くの領地を譲られるのだが、資経の伝領地のうち伊勢国の和田庄についてこのうちの名田三町は少ないながら、今まで通り妻の所有とするので、それを妨害してはならない。また近江の国湯次《ゆすき》庄の年貢のうち、百石を妻に与える契状は、「すでに発給している」とも書かれていた。

今後母が暮らしていくうえで困ることのないようにという、暖かい心づかいであった。

あれから一年が過ぎ、義父経房の一周忌を済ませた。

海辺にくる道筋の野や山の一面の花は、ただ儚く白じらとしていて、なぜか母と二人異界を彷徨《さまよ》っているような気がした。

この砂浜から高野の聖地も熊野三山も、遥か彼方である。母の被りものから垂れた黒髪に、白いものがわずかに交じっているものの、﨟長《ろうた》けた姿で、山の彼方に向かい掌を合わせた。私も同じようにして父御前を偲んだ。

渚にたたずんで、さざ波に手をつけた。

「父御前さま」

と私が呼ぶのと、

「維盛さま」

母が声を出すのが同時だった。

懐かしさがこみあげてきて、涙があふれた。優しい父の面影が浮かぶ。

この声は、潮風に乗って父に届いただろうか。

鷹丸は姫

まうさま（父）が、私を鷹丸と呼ぶようになったのは、私が八歳の時からである。私はその年に生死に関わる熱病に罹り、あやうく一命を取りとめた。

高名な医師たちの懸命な治療と、出来る限りの投薬にもかかわらず、病後はすぐに熱を出したり、風邪をひいたり、食欲がなかったりの虚弱体質となってしまった。

百合と名付けられた私の生来の雪のように白い肌が、ますます透けるように、かげろうのように、体格も細いままで見るからに弱弱しい姿であった。

そんなわずかなことでも傷がついてしまいそうな儚げな私に、父は名前にだけでも男子の鎧を着せて、守ってやりたいと念じたのに違いない。

鷹丸という名前も、幼い頃から父に教えられた書状に署名をすることも、その表れである。

摂関家筆頭、松園《まつぞの》家の当主である父成明は、当時関白職にあった。公的な書状は別としても、父は私に大切な手紙を書かせる。父の書いたものを手本として、私がそのままを写すのである。

書面をそえさせていただきます
稲の実二石持たせました　そのうち
お伺いしまして　直接申し上げます
かしこ
霜月七日
鷹丸
鳳さまに

鳳さまは私の祖父松園久永で、出家して鳳山と名乗っている。

わが松園家も武家が台頭してきた時期、時代の移り変わりへの対応には、大変な苦労があったようだ。祖父は茂木成孝《もぎなりたか》が、全国をほとんど制覇しようという時に、家臣の高崎実房の軍に奇襲され、炎の中で自刃して果てると、まさにその日に、落飾《らくしょく》（髪を落として出家）したのであった。

生前、茂木成孝は松園家に対して好意的であった。

父の成明の「成」の字は、茂木成孝の一字を継承している。

父が十三歳で元服の時、加冠の大役を茂木成孝が自らかって出、それは成孝の京屋敷で行われ、諸家一人残らず出頭するという盛儀であったという。

そんな深い関わりがあったので、成孝自滅のあと、祖父はすぐに出家し名も鳳山と改めたのである。

祖父は父と違って私のことを鷹丸とは称さず、姫公《ひめぎみ》という。私が病気に罹ってやがて小康を得、快気祝いの祝宴が催された日も、祖父が訪れて幼い私と他愛ないことを語り合った。祖父は屋敷に帰ってからも、私との話を反芻したという。

この頃の秋の夕べに、琵琶法師の語る「平家物語」を聴いた。場所は宮中内裏の中宮の居間であった。時の帝の中宮久子は、私の父成明の妹である。

秋の陽はすでに山の端に落ちて、部屋の燈台に火が入り揺らめいている。

くすんだ金色の衣裳を着けた盲目の琵琶法師が、障子を背にして語り始めた。哀しげに演じて重々しげな調べである。私にもおぼろ気に理解できた。

二位尼やがていだき奉って

海に沈みし御面影
目もくれ心も消えはてて
忘れんとすれども
忘られず

壇ノ浦での一門滅亡、特に先帝入水の場面を、安徳帝の母建礼門院《けんれいもんいん》が大原の庵室で思い出しているところの語りとなった時、私は思わず悲しくなって泣き出してしまった。

部屋には中宮久子叔母、祖母栄菖院、公卿の後室楊樹院（後室・未亡人）や、天地有吉に仕えた女性で、ことに北政所《きたのまんどころ》の信望が厚い更蔵主《こうぞうす》他、宮中の女官たちが見物していた。

祖母はいかめしいし、叔母はすましこんでいる。私は優しそうな楊樹院《ようじゅいん》に、にじり寄って思わずその膝にすがっていた。

父はこの日、祖母や叔母に初めて逢わせようと、楊樹院を招いたようだ。

造詣が深いというので、楊樹院からは、そののち私は「源氏物語」の読みや意味を教わることになった。

父が源氏物語の「賢木」の手本を私に書いた。

源氏が野宮に、娘の斎宮と共に伊勢に下るという日、六条御息所を訪ねて、二人が和歌を贈答する場面である。

なかなか父のように整った字を書くのは難しい。特に、

をとめごが　あたりと思へば榊葉の
香をなつかしみ　とめてこそ祈れ

という和歌のところで詰まってしまい花押に苦心する。父によりも楊樹院さまに褒めてもらいたくて、私は一心に何度も下書きをし、それから清書をする。

土塀に囲まれた屋敷の内で、父の住む母屋の棟と、私の住まいは別である。

雪の降り積った日のこと、私の住まいの風呂の焚き口が雪にとざされてしまったので、侍女のふじが父のところへ報せにいった。すると父は、早速手紙を書いて私に署名だけさせて、それを家司《けいし》に楊樹院のところへ持っていかせた。

雪が降りまして　こちらの風呂が焚けなく
なりました　鷹丸公《ぎみ》を風呂に入れてやりた
く　お振る舞いいただきたく存じます

御都合がおありでしたら　どうぞご無理を
なされないでください　　　かしこ
臘月十一日　　　鷹丸
（陰暦十二月）
楊樹院国師さま

父は自分の手紙に、署名だけ私にさせるのである。

優婉《ゆうえん》な楊樹院に、国中で優れた人物という意味の国師などと、敬称を奉るのはどうかと思うが、案外父の本心なのかもしれない。

楊樹院が源氏の講義で私のところに来たあと、私の家の犬が仔を生んだので報せたくなり、父に手本を書いてもらった。

つつがなくご帰館いただきましたでしょうか
まう様のこと　よろしくお心にお掛けいただ
きたく　お願い申します

犬が子を四疋儲けました　いずれも白でござ
います
見ていただきたいと思います
次においでくださる日を　待ちかねておりま
す
屏風はおいちゃの気に入りましたでしょうか
聞いていただきたいのです
更蔵主へも色紙短冊はいかがでしたかと
お尋ねの伝言お願いいたします
　八月二十六日　　　　鷹丸
　楊樹院さま

これは何度も、なるべく父の手本に近づけるように下書きをした。

おいちゃは井坂高基の側室であり、更蔵主は天地有吉亡きあと、剃髪した正室の政所に従って、洛中の天祥寺に住んでいた。

楊樹院は武家の女性たちとも信交があるようだ。

父はまた楊樹院に逢いたくなったのか、私を誘う。

ままをくい候て　ゆをあみ　こくしへまい
りたく候　いかが候はん哉　御だんごうに
て候　　　　かしく
九月二日　　　まう
　鷹丸殿

父と私は、それぞれ輿に乗って、楊樹院の邸に出掛けた。

東の大路を真っすぐに進み、南へ少し下ったところにある。

私たち父娘は、温かく迎えられた。父は楊樹院と親しく話を交わすのを無上の喜びとしているようである。私は生まれると、すぐに母に死別したそうなので、母を知らない。

父とそれほど年の違わない楊樹院に、母の面影をみる思いがして慕わしく懐かしい。侍女たちによって、珍しい菓子や果物が運ばれ高杯に並べられた。

華奢で繊細で痩せぎみの私は、瞳だけは大きくきらきらさせて父の話を聴いている。

「あなたさまが薩摩に左遷されておられた折、井坂高基に請われておられました源氏物語の揮毫をお断りなさいましたそうですね」

楊樹院は「源氏物語」に堪能であるだけに、そんな話題に興味があるらしい。

「調度に胡蝶の巻を書くつもりをして、料紙など、先に請け取っていたのですが、冬に体を傾いましたので、書くことができなくなりましてね」

「しょうえんさまは、胡蝶の巻のどの文をお書きなさるご予定でしたか。私には興味がございますね」

楊樹院は父の松園《まつぞの》を親しみを込めて、しょうえんと称ぶ。

「やはり紫の上と、秋好《あきこのむ》中宮の春秋争いの歌のところでございましょうか」と私。

「その通りです。

紫上の
花ぞのの　こてふをさへや　下草に
秋まつむしは　うとく見るらむ
秋好中宮返し

こてふにも　さそはれなまし　心ありて
　八重山吹を　へだておりせば」

と、松園は、詠った。

「しょうえんさまの流麗な書きものが手に入らず、さぞや高基どのも、がっかりなされたことでしょう」

父は私の祖父久永に従い、故あって幼少の頃に都を離れ諸国を流浪した。その間、朝儀についての学習が欠落したものの、公家社会の恒例として、正月四日間「源氏物語」の初音の巻を読むことなどが自然に身に付いていた。

父が薩摩に流されたのは、二十九歳の時であったが、その原因が何であったのか、二年後にどうして京都に帰れたのか、それから二年後に私は生まれたのだが、そんな事が話題になった。

晩夏の夜が更けて、帰路に就く頃には暗い中空に流星を見た。

父の姉、私の伯母の寿貞さまから土筆《つくし》が送られてきたので礼状を書く。

土筆をありがとうございました
たびたびのお心づかい　ほんとうに
感謝しております
三月五日　　　　　　　鷹丸
寿貞伯母上さま

父の書を手本とした。

私がもっと幼かった頃の春の日の午後のひととき、寿貞伯母が連れていってくれた野原で、輿から降りて、川の土堤に出ていた土筆や野の草を摘んだことがあった。

伯母の手紙には、お茶の会をするので、私にも来るようにと書かれていた。

北山の裾野にある天英寺という尼寺が、伯母の住まいである。

厳《いかめ》しい門もなく、竹垣を巡らした女ばかりの庵は、庭も室内も清々しく整えられていた。

ふじが供をしてきた。今日は伯母の招きで楊樹院も来ている。更蔵主とおあちゃと、それに久子中宮お付きの宮女縫上臈、もうひとりの叔母月光院。

最初に私が伯母の手ほどきで、一服の茶を点《た》てた。そのあと次々に点前をする。炭をついだり、香を燻いたり、私は疲れてくると、座っているのが辛くなる。
そんな時、父からの書状をたずさえて使いがやってきた。

いそぎいそぎ御かへり候べく候
なにとてをそく御かへり候哉
鷹丸公《ぎみ》　　まう

私は救われたように、座を立つことができるのであった。
父のところには始終進物が届けられる。

鱚《きす》というとと卅《さんじゅう》、持参させます
十ばかりふうをして　楊樹院にお裾分け
してください
ゆかしい贈り物というほどのことはあり
ませんが　　かしこ

後の便では　伊佐木《いさき》とと　また持参させ
ます　めでたくかしこ
まう
鷹丸公《ぎみ》

私が食通の父に好物を尋ねたことがあり、いろいろあげてもらった。

魚類では鱒《ます》、鱧《はも》、鱸《すずき》、鮟鱇《あんこう》、鮎、鮑《あわび》、栄螺《さざえ》、海草の海松《みる》、からすみ、うるか（鮎の腸・子を塩漬けにしたもの）、海鼠腸《このわた》などといい、他に白鳥や雁、松茸、瓜、蜜柑、葡萄、柿、蕨《わらび》、茄子、蓮根ということだった。

「まうさま、私には知っているのもありますが、知らない物もありますので、絵に画いてください」

そういうと父は、承知したといって、巻紙を展《の》べつつ絵に画き、そこへそれぞれの名を書き入れてくれた。

この日、父が屏風に揮毫をした家からといって、父の好物の蓮根と盥にいっぱいの河魚が送られてきた。

父は早速料理をさせて、味わってから礼状を書く。見ていると父は、とりわけの事とい
い、言語道断の肴という。言葉には表現できない、極上無類の美味しさであった、という
ことらしい。
私が実際のご馳走を前にして、ほんの少々しか食べないのを見ると、父はまったく悲し
気な顔をする。
また父は、お酒も大好きなのであった。私は興味がないのだが、父がいう美味な酒とい
うのを教えてもらった。
尾道酒、三原酒、伯耆《ほうき》酒、奈良酒（諸白《もろはく》）と霙《みぞれ》。
天野酒（河内の天野山金剛寺の僧坊で醸造した）。
琉球酒。
父は祖父の久永が京を留守にしていた、まだ元服前の十二歳で、自ら新春の和歌会を催
したという。
祖父は茂木成孝が、蓮生寺の変で高崎実房に攻められ自決したあと、ただちに出家し成
孝の菩提を弔って、嵯峨野に念仏の日日を送ったのち、その後追われるように京の南醍醐
山に蟄居した。それからまた次には、東国三河の井坂高元を頼って下向するのである。祖

父は高元とは昵懇の間柄であった。

絶対的な権力者であり、松園家にとって絶大な庇護者であった成孝がいなくなり、またたく間に天地有吉の時代となった。祖父には有吉に対して、肌合いを異にするような馴染まない思いがあったようだ。

父成明は十八歳で実質的な当主となった。祖父の鷹と馬への執心は、つとに有名であったそうだが、父もまた時には供の者を連れて、馬を馳せ、鷹狩りをした。同時に学問にも精を出した。

そうして経済的な建て直しの責任もあった。

権力者となった天地有吉は、公卿の官位である関白を望み任命される。後、その位《くらい》は有吉の甥有継《ありつぐ》に譲られ、有吉は太閤（父に代わって関白となった者が、その父すなわち前の関白を呼ぶ尊称）と称した。

有吉は自分が関白職に就き、やがては松園家に返すという約束であったが、そんな事は忘れたかのように甥に譲り、そのうえ時の帝の弟を猶子に迎えた。後継者にするためである。やがて有吉が五十四歳で男子が生まれたので、親王には新たな宮家の称号を申請し創設した。朝廷をも私物化する天地有吉の動きである。

摂関家も松園家も父も、疎外された存在となった。そして父は懊悩の末、有吉が朝鮮出陣するのに従い、武辺の奉公に出ようと、肥前名護屋（現在の佐賀県松浦郡鎮西町）に渡る。年末から明年三月半ばまで滞在し、京に帰る。

帝から、中宮久子の兄にあたる成明に、次の書状が遣わされた。

「朝鮮に出陣するなど、もってのほか。人材不足の今、ましてや摂関家一流が断絶の危機に瀕しているというのに、何ということですか。

高麗に渡ることはなりません」

これと同じ趣旨の書状が、有吉にも届けられた結果である。

そのあと、おまうさまは、どうしたか。

参内も公家衆との参会もせず、太閤有吉の許《もと》にも出向せず、京の道を武家の恰好をして歩いた。狂気の人とまでいわれた。

何かと有吉は、父の行跡をあげつらう。有吉を頂点とする体制にとって、父は迷惑至極の存在と見られた。摂関家当主であっても、関白になりたい、といった大望をもってくれては困る。

天皇のお側近くにいて、学問と文芸のみ、武家と競い合わないこと、武家にとって無害のところで、おとなしくその才能を発揮すればよいのだ。ましてや、武士のような様子をして、朝鮮渡海を企てるなど、まったく言語道断で迷惑でしかない。

今や摂関家などというものは、衰退消滅すべき階層、その筆頭の人物であり、公家の枠を越えて武家に進出しようかという目障りな人物であるから、排除する。この見せしめにより、成明のような行動に出る公家はもう出ない、根絶やしにできる、という有吉の考えであった。

そうして有吉は、おうさまを罰するのである。

本来ならば、切腹させるところであるのに、特別に遠国薩摩への配流ということに情状酌量したという。

有吉が決定した既成事実を、勅願という形式にして、有吉が命じるという、周到なずるい手続きをとっていた。

この頃、おうさまは二十代後半、私はまだ生まれていない。

このようにして父は薩摩に流された。滞在中の父はそれほど悲惨な生活ではなかったようで、二年の後に赦免されて帰京することとなる。

有吉の掌中の珠である有頼が、有吉と共に重臣を従えて参内し、高い位に叙された。有頼はわずか四歳であった。

父の赦免は、有頼の参内の故であったというが、父の配流の意味が消失したということらしい。

往路には顔を見せなかった地方の藩主たちも、帰路には打って変わったように一族で出船を見送り、名残を惜しんだ。およそ二か月半に及んだ帰京の旅は、華やかで賑やかにつづいた。

宿は藩主の館であったり、城中や城下町や、あるいは寺院だった。一か所に望まれて十日も滞在することもあったという。

和歌会を催す。おまうさまも和歌を詠む。三十首ぐらいはすらすらと詠めるらしい。色紙に揮毫する。一座の人たちも歌を詠む。詠歌多数が賑々《にぎにぎ》しく披露される。

道中は四国に寄ったり、小島に渡ったりと瀬戸内海の航路や陸路を行った。

ある時は、座敷能を演じた。父は城主と共に「二人静」を舞った。また城主の笛と父の太鼓で「老松」を演奏する。夜には乱舞（能の演技の間に行われる舞踊）が、なみいる人と共に行われた。

次の領主からも「ぜひ、お渡りください」と切望され、父は領主自慢の屋敷を一覧して回る。

朝、茶の湯がある。

おまうさまは馬や太刀を遣わし、領主からは銀十枚と砂糖四樽、領主の妻女から沈香《じんこう》二斤、子息からとして白地の繻子や唐墨四丁が贈られた。

次の日は、歌会を催す。

翌日は座敷能を演じた。演目は遊行《ゆぎょう》柳、田村、夕顔、花月、邯鄲《かんたん》、百万、高砂。

引きつづき連日座敷能を演じる。賀茂、木賊《とくさ》、松風、景清、葵上、自然居士、養老。能の後には酒宴で、大酒乱酒が明け方までつづいたという。

一族のうち、帰る人あり、訪れる人ありで、また踊りあり、小唄あり、花火が打ち上げられた。父が茶を点てて振る舞うこともする。

父はこれらの旅の様子を日記に書き綴っているのであった。父に随行した家司の出家者墨斎《ぼくさい》も記している。私はひ弱な身である故、旅に出ることなど叶わず、父の手許にある日記をひもといては広い海を想像したり、武士の住む城を思い画《えが》いたりした。もちろん父が居る時には、直接話を聴くこともある。

それから、まだ旅はつづく。

海上が荒れて、港の近くに十日余りも長逗留することもあった。父はつれづれに墨斎と共に多数の歌を詠んだ。

土地の名士の妻女から、酒樽五荷、素麺三折が進上された。

次の寄港地では、酒三樽、鮑、鮎、饅頭などを持って、領主が父に挨拶に祇候《しこう》してくる。陸路となって馬に乗っていく。土地の藩主から迎えがあったのだ。藩主の母の熱心な慰留によって逗留する。父は紅花二貫を贈呈している。

辺鄙な港の漁師の村では宿とする家がなく、ようやく古寺を見つけた。供の者が塵を払い、ところどころに畳を敷いて急場を凌いだりした。

尾道ではお酒を買い込んでいる。六斗五升で十文目であったらしい。船賃は二文目とか。畳表十畳も求めている。

八月の風も爽やかな海上を、心も明るく父たちは高砂の松など眺めながら、難波《なにわ》の浦伝いに大坂が近くなると、船子どもの唄う声も賑わしくなる。

ついに大坂に着船。二か月の長旅であったという。

松園家の門前は、市が立ったような有り様であった。あたかも枯れたとあきらめていた木が、春になり一斉に芽吹いたような、と人がいう。

太閤有吉は、二人の使者を遣わして、父を出迎えさせた。父の流罪は、すっかり水に流された。それどころか凱旋将軍のようだ。

往きは三十七日であったが、帰りは倍近い六十七日間もの日数をかけている。往きも決して惨めな様子ではなく、摂関家筆頭松園家当主にふさわしい豪勢なものであったが、復路は天下晴れての無罪放免であったから、藩主や前藩主や重臣や、それに母堂や奥方連中も、父を下へもおかぬ持てなしをした。

二年半の都の不在からすぐには、復帰は無理であったが、父は徐々に公家の一員として、いや摂関家筆頭の当主として公務に就いていった。

正月の和歌会にも出席し、禁中での行事をこなし順応していく。

慶長三年（一五九八）は特別な年となった。五月六日に私、百合が誕生する。太閤有吉の一子有頼が、大坂から伏見城へ移ったことを祝って、勅使以下、公家、門跡、諸国の大名たちも、こぞって顔を揃え盛儀であった。五月十七日、父も列席したが、私が生まれて気持ちも晴々としていたのかもしれない。

この年の八月十八日、太閤有吉は伏見城で死去した。

井坂高基は慶長元年に内大臣となっていたが、その上の関白になって、公家の列に自らを置き、その筆頭に立とうとは考えない。あくまでも武家として、天下を掌握しようと思っている。

慶長八年に征夷大将軍に任ぜられ、江戸に幕府を開く。高基は幕府が公家を吸収することを考えているようだ。間もなく高基は「禁中 並《ならびに》 公家諸法度」や「寺院法度」などを次々に制定していく。

先に関白に就いた十条晴澄が辞任し、父に関白の詔が下った。父四十歳、私七歳の七月であった。

薩摩へ配流の際に、叔父に預けていった大切な記録類の入った長櫃も返却してもらった。典礼故実が最も大事、全てに優先され、全てがそこから始まる宮廷生活である故、一《いち》の上《かみ》である父にとっては、この記録や日記は必要不可欠の武器である。

関白宣下の儀式が行われ、父はつつがなく重職を勤めあげ、一年数か月で次の公卿に関白を譲った。

年が明けると、おまうさまは江戸に向かって旅立った。他の公卿衆もそれぞれに競って江戸に向かった。江戸幕府の将軍井坂高基を見舞うためである。全国制覇を目前にして、蓮生寺の変により自滅した茂木成孝のあと、一時関白にも太閤にもなった天地有吉もすでに亡く、今では井坂高基が天下を治めていた。

京よりおよそ十日で江戸に着く。父から度々手紙が届いた。

ご飯を三杯　湯の子（おこげの湯漬け）一杯
ささげ豆ありったけ　干鯛おなじ、削り物（鰹、鮑、蛸、昆布などを乾燥させ削って食べる物）
もありったけ　鯨の汁三杯に菜汁一杯　香の物
五切れ　蓼の葉十枚　食べ申し候　御恥ずかし
く候　かしこ

ままようくう人

鷹丸どの

次の手紙。

六日は四度　ご飯を同じほどずつ食い候　いろいろ取り合わせて　薫物を入れためしつぎに　二つばかりも候べく候　かしこ　◯

一鳥ぎみ

父は自分の名を◯で済まし、私には一鳥と書く。いっちょうか、いちのとりか、父に尋ねてみなければ分からない。

次は少し長い手紙である。

今日までは天気もよく　何事もなく小田原をさして下ってきました　江戸へは十七日八日の間に着く予定です

留守に　京の松園屋敷へ留守見舞いに訪れる人があろうが　その名前と届け物をきちんと家司左馬助に記録させること

また北野天満宮の紅梅院昌苑から依頼されてい
た和歌も一緒に送ります　これは富士山を詠ん
だ和歌で　初めて富士を見　山容に驚くばかり
であった一点の浮雲もなく　言語道断という気
持ちの歌ばかりです
見たいという人には紅梅院のところで写しても
らってお見せください
鷹丸公には　よく手習をしておいでだろうね
それなればいい子　いい子　可愛いい子だよ
かしこ
まう

鷹丸公

私も父に手紙を書いた。大方は父が手本を書いてくれて、それを私が写すのであるが、不在ならば仕方がないので一生懸命に筆を執った。

江戸に下って高基をお見舞いなされた折　おいちゃにもお会いなさることがありましたら　お礼をいっておいてください

おいちゃは　私のところを訪れる度に　私にお手玉を進上してくれたり　私の御所人形の着物や帯や襦袢まで縫ってくれたのです　かしこ

百合

まうさま

約一か月の江戸滞在中に、父は隅田川の河畔にある梅柳山梅若寺を訪れた。梅若丸伝説の、その悲劇に心惹かれ父は、逍遥を思い立ったという。

父は、この寺の梅若寺という名称を木母《もくぼ》寺に改名したという。木母は梅の異名なのだそうだ。寺主は、うやうやしく応諾し謝したという。その時、父は柳の小枝を折って叩いて作った急場の大筆で扁額に揮毫をした。また詠草もした。

　こたへせばわがいでてこしみやこどり
　　とりあつめてもこととはましを

他一首である。

私は父の手紙で、柳の小枝で筆を作り書いたというのに興味を覚え真似をして書いてみた。

私の手紙。

　きよげなる大人二人ばかり　さては童ぞ出で入り遊ぶ中に　十ばかりやあらむと見えて白き衣　山吹などの萎えたる着て走り来たる女子、あまた見えつる子どもに似るべもあらずいみじく生ひ先見えてうつくしげなる容貌《かたち》なり　髪は扇をひろげたるやうにゆらゆらとして　顔

は　いと赤くすりなして立てり

これが　源氏が見た若紫のようすですね

伏籠《ふせご》の中にとりこめておいた雀の子を　犬君《いぬき》が

逃がしたと若紫が口惜しがります

乳母は同情してくれますが祖母の尼君は

「いで、あな幼や。言ふかひなうものしたまふかな。おのがかく今日明日におぼゆる命をば何とも思《おぼ》したらで、雀慕ひたまふほどよ。罪得ることぞと常に聞こゆるを心憂く」

といって若紫を呼び座らせて説経します。

つらつきいとろうたげにて、眉のわたりうちけぶり、いはけなくかいやりたる額つき、髪《かむ》ざしいみじううつくし。ねびゆかむさまゆかしき人かな。と目とまりたまふ。さるは限りなう心を尽くしきごゆる人にいとよう似たてまつれるかまもらるるなりけり、と思ふにも涙ぞ落つる。

更に源氏は若紫をこのように思うのですね。
きょうはここまで楊樹院さまに習いました
かしこ
鷹丸

まうさま

若紫は、この場面では白い下衣に山吹襲《かさね》の馴れたのを着ているが、私の普段着も白い下衣に私の好きな色彩の撫子色や桃染、菜の花や露草色の襲を着ている。私の好みでふじが選んでくれるが、私はそれほど着物に執着はない。

髪も毎朝ふじが丁寧に梳き、垂れ髪を白元結で根を結んで仕上げる。この頃、笄髷《こうがいまげ》という髪型が流行ってきたといって私の髪で試みる。

一か月の江戸の滞在から、父は二月中旬に帰京した。まだ新年の挨拶をしていなかった、といって父は参内した。常の御所で御対面し、お酒をいただいたそうである。父からの江戸土産は「さたけがみ」二十束であった。

私にも同じように「さたけがみ」の土産があった。

春になると、父の屋敷の庭園に糸桜があでやかな花をつける。今年は、この時期に能を演じる催しを行うことになった。

庭園の一隅に能舞台があり、屋敷を開け放して見物できる。祖父の久永、祖母の栄菖院、中宮久子叔母も、お忍びで来ている。伯母の寿貞、女官の縫上臈、更蔵主、楊樹院、公卿や寺社人や役人たちも招かれている。

古びた能舞台の背景に画かれた松の模様も色褪せているものの、さすがに床や柱は磨き込まれて演者の姿を鏡のように映し出す。今日の演目は、

羽衣
隅田川
綾鼓

の三番であった。

三保の松原に住む漁師白竜《はくりょう》は、浜辺の松に架かった美しい衣を見た。この衣を手にし

たときに一人の女が現れ、それは私の羽衣ですから、たやすく人間に与えることはできないという。

女は羽衣を脱いで、下着だけで海水浴をしていたのだった。白竜はこの美しい衣が貴重なものである故に、返せないというが、天人が、それがなければ天上に帰れないといって泣き歎くので、哀れになり返す気になる。天人の舞を舞えば返すといった。

〽春霞たなびきにけり久方の月の桂《かつら》の花や咲くげに花鬘《はなかづら》色めくは春のしるしかや
面白や天ならでここも妙なり天つ風　雲の通路吹き閉じよ　乙女の姿しばし留まりて　この松原の春の色を三保が崎　月清見潟　富士の雪　いずれや春の曙　波も松風ものどかなる浦の有様
天の羽衣浦風にたなびきたなびく　三保の松原　浮島が雲の愛鷹山や　富士の高嶺　かす

かになりて　天つ御空の霞にまぎれて　失せ
にけり

と天人は消えていく。その先には、庭に現実の糸桜があえか（なよなよした感じ）に咲き匂っていた。

「羽衣」が終わると次の演目までの間に、お茶と干菓子と松風が高杯《たかつき》に盛られて出された。干菓子は桜と蕨と菜の花の形をしている。それぞれがお茶を喫《の》み、静かに語らいながら次の出を待つ。

都北白川の吉田の某の息子梅若丸十二歳が、人買いに拐《かどわ》かされて、奥州へ下る途中隅田川のほとりで病死する。

二番目に演じられる「隅田川」は、この梅若丸の一周忌の隅田川が舞台である。

私たちと一緒に先の「羽衣」を見物していたまうさまの姿が見えないと思ったら、いつの間に鏡の間で身仕度を調えたのか、切戸口をくぐり地謡座に、謡の人たちに交じって座っていた。

まうさまは江戸に下った折、わざわざ隅田川のほとりの「梅若寺」に行き、お寺の名称を「木母寺」と変えてきた。梅を扁と傍《つくり》に分けたのである。梅若の話にそれほど興味があったのだろうか。

〽千里を行くも親心　子を忘れぬと聞くものを
〽もとよりも　契り仮なる一つ世の
〽われもまた　いざ言問はん都鳥　問へども問
へども答へぬは　うたて都鳥　鄙の鳥とや言
ひてまし
〽この土を返して今一度　この世の姿を母に見
せさせ給へや
〽面影も幻も　見えつ隠れつするほどに　東雲
の空もほのぼのと明け行けば跡絶えてわが子
と見えしは塚の上の草茫々としてただしるし
ばかりの浅茅が原となるこそあはれなりけれ

わが子を求めて旅してきた母は、渡し舟の中でわが子の死を知る。幻に見えたわが子と手に手を取りかわそうとするが、その姿は消え失せてしまう。それは塚の上の草であった。地謡の人たちに交じって、まうさまの朗々とした声が響き渡る。私は辛い悲しい話は好きではないが、父の謡を聴いていると、思いが昇華されるような気がする。

最後の三つ目は「綾鼓《あやのつづみ》」が演じられる。

内容は、女御に恋をした庭掃きの老人が、鼓の音が聞こえたら姿を見せよう、という女御のことばを信じて鼓を打つ。しかし、鼓は綾を張ったもので、音は出ない。悲しんだ老人は、池に身を投げて死ぬ。やがて老人は怨霊となって現れ、何故わが真実の恋をもてあそんだのかと女御を責めつける。

父は庭掃き老人の役で、後半は老人の怨霊となって演じた。

〽さなきだに闇の夜鶴の老の身に
〽老に添へたる恋慕の秋
〽心の闇を晴らすべき　〽頼めし人は夢だに

〽鼓も鳴らず
と謡いながら舞う。

まうさまは激しく、いかめしげな相貌をもった、老人の鼻瘤大悪尉《はなこぶおおあくじょう》に変身し、白頭、半切（金襴地に美しい模様を織った着衣）に法被《はっぴ》の扮装がやりたくて「綾鼓」を選んだのかもしれない。

私は早々にふじと共に、わが屋敷に帰った。

あとは座敷を移して、おぼろ月に浮かぶ夜桜見物の宴となったようだ。

中宮久子叔母所生の二の宮が、父の養嗣子となった。松園家の後継者の決まることは、父の長年の念願だったのである。私より一歳年下で名は成宏という。父の屋敷に続けて新御殿が造られている。

今日は楊樹院の「源氏物語」の講義の日であったので、済むと父の屋敷に行った。まうさまは古書院の一の間で書きものをしていた。

床を見ると、豪華な料紙に書かれた父の書があった。思わず楊樹院と一緒に眺めた。料紙は金泥を主にして銀泥を少し混じえて、樹木、草花などが描かれ、金砂子をふんだんに撒いてある。

その上に「源氏物語」の夕霧を抄写している。楊樹院がそれを声に出して読んだ。

日入り方になりゆくに、空の気色もあはれに霧りわたりて　やまの蔭は小暗きここちするに蜩なきしきりて　垣ほに生ふる撫子の　うち靡ける色もをかしう見ゆ

御前の前栽の花どもは　心に任せて乱れあひたるに　水の音いと涼しげにて　山おろし心凄く瀧の響木深く聞えわたされなどして　不断経読む時《じ》かはりて　鐘うち鳴すに　立つ声も居代るも一つにあひて　いと尊く聞ゆ

所がらよろづのこと　心細う見なさるも　あはれに物思ひ続けらる出で給はむ心地もなし

律師も加持する音して　陀羅尼いと尊く読む
　なり

流麗なまうさまの水茎の跡を、楊樹院が清らかに読みあげた。

「いつもながらの松園《しょうえん》さまの美しいお筆づかいに、うっとりいたしました。この段は特に自然の描かれ方が優れていて心惹かれますね。暮れ方の深まっていくなかに、かそけき音が九個所もあるのも趣きがありますね」

楊樹院がそう感想を述べると、まうさまは笑顔を見せて、

「国師（天子から知徳の高い禅僧に賜わる称号。父が揶揄して時々そう呼ぶ）、あなたのご造詣の深さには敬服していますよ。これは成宏公《ぎみ》の手本に書きました。役目が済めば宮中に献上ということになりますか」

という。

「まうさま、私への次のお手本は、源氏の若紫の段にあります和歌にしてください。なかでも私は桜の歌が好きなのです。確か桜を詠んだお歌は七首あったと思いましたが」

そういいつつ楊樹院を見あげると、

「よくお覚えですね。和歌は若草の段に二十五首ありましたね。なかには若紫（のちの紫上）を象徴する、草、初草、若草を詠みこんだ歌もいくつかあります」

「私は桜の歌のなかでは、

宮人に行きて語らん山ざくら
　風より先に来ても見るべく

が一番好きなのです。でも、まうさま七首全部をお書きくださいね」

父は宮廷への出仕もあるし、方々から多くの揮毫の依頼もあるのを知りながら私はいった。

幼い頃から父は、青蓮院流の正統の習字教育を受けて成長した。旧来の支配層であった堂上公家が、新興武家の権力に屈服させられ、体制に組み込まれていく。関白職さえも、武家（有吉）に奪われてしまう屈辱の数々、罪なき父が薩摩への配流中、つれづれの日々に定家の懐紙を与して父は過ごした。

定家の書は、個性的で独特の書体で簡単に習えるものではなかったというが、父は禅の洗礼を受けたりしながら精進し、独自の書的世界を創造していった。一流派が確立できたと思える現在でも、父は宋の張即之《ちょうそくし》の風も学んで従来の和様に新風を開こうとしている。

父の書は豊潤で強く気力が満ちており、気品が高い。父には天性の美的感覚が具《そな》わっているのだろうけれど、一生懸命練習の努力もしてきたのであった。

父が病床に就いた。私がまうさまを見舞うと、父は病をおして手紙を書いていた。その書状を父は私に読ませる。後半の一部である。

煩いは三月より今にいたっています　駿府より
万病によく効くといわれる丸薬を贈られ服用し
たところ一　二度の血痰をみましたが　灸治療
も併せて　経過は良好で　万病丹（万病によく
効くといわれる丸薬）は抜群の効き目があった
ようです　　　成明（花押）

五月二十三日

山形城介殿

父は病悩に苦しみながらも、手紙の書は何と勢いのある字であろうか。一気呵成に、一瞬の間に書き上げるのである。渇筆ものともせず、激しく筆を走らせる。

暑い夏の季節になると、ますます父の病状にも障るようだった。

その日も父は手紙を書いていた。

あなたは酒をお控えなさっているとの事　めでたいことです　私は三月下旬より煩い　五月には生命の危機に瀕しましたが　高元よりの万病丹で取り直すことができました

けれども　今になっても完全に本復することは望めないようです　私は若い時から胸の痛みに散々苦しめられてきましたが　この度も胸を病み　それに腸も悪いとて痛みで夜も眠れない日がつづきます　私には皆が隠しているようなのです　あなたにお越しいただけるのを念願して

います
七月十一日　成明
島根少将殿

苦境に置かれながら、手紙の内容の心細さとは裏腹に、筆線の勢いは衰えず、私は圧倒される。

そのうちに、出雲から見舞いに訪れた少将左衛門尉から贈られた、大坂では今年は不作で貴重である松茸を、父は一入《ひとしお》悦んで、折しも見舞いに訪れた客に振る舞ったり、周囲に配ったりした。

時には心遣いに対しても、病悩のため筆を執ることが、できないときもあると父は嘆く。

八月末から九月初旬に危機があった。しかし、以前から服用している鳳仙花の実や、熊の胃の薬、万病丹の験《けん》によって少し良くなり、和歌の会を開いたり、囲碁に興じたり、連歌の会にも参加した。

十月一日には無理を押して参内し、つづいて四日には上皇の仙洞御所に参上し、古今伝授のお尋ねに応じている。その間にも父は多数の色紙、料紙に、「古今集」、「新古今集」、

「和漢朗詠集」、後鳥羽院や藤原定家ら「新三十六歌仙」の和歌などを書きためている。

楊樹院が父を見舞うというので、一緒に父の屋敷に行った。

「桜の葉が紅葉しはじめ、楓も端から薄紅が差してまいりました」

庭の風情をいうと父は楊樹院に、

「やがて秋も深まれば、わが庭もわが里も韓紅《からくれない》に彩られて、紅葉狩りということになりましょうか」

至極真面目な応答をする。

「まうさま、今日は何の諧謔も出ませぬのか。お元気をお出しくださいませ」

「まろこそ、もう少しふっくらと楊樹院さまのようには、ならないものかな。それでは柳が着物を着ている、儚い風情じゃものなあ。ま、それにしても今日のお二人の衣裳の何と華やかなうちにも、床しくて私の眼を随分楽しませてくれることよ」

二人の衣裳は、白地に蔦と紅葉と菊の模様が、地味と派手に色分けされ、濃淡も工夫され染められているのであった。

父が二の間との襖を開いた。

そこには、眼が覚めるばかりに華やかな屏風が飾られていた。私は思わず楊樹院さまと共に、六曲一双の屏風の前に進み眺めた。金箔の上に、右隻は咲きこぼれる白菊を中心にして草花を描き、左隻は波濤と雲、霞が描かれている。

その上に、源氏物語の和歌を書いた色紙を貼り交ぜにしてある。右は三十一枚、左は三十枚。源氏物語の七百九十五首あるといわれる和歌のなかから、父が選んだのである。私がぜひ手本にと請うた若紫の段の桜の歌も入っていた。

金銀泥の下絵のある色とりどりの色紙は、全て四行書きである。それが単調にならず、さりげなくまうさまの独自性が発揮されている。

楊樹院さまも私もただ感嘆し、しばらくはその場を動くことができなかった。

その後も上皇の仙洞御所で連歌の会があったようだ。参会者は父の、仏門に入っている兄と成宏、天満宮宮司、父の近侍の者、執筆《しひつ》は父に書を伝授されていた武家、他数人であった。まず上皇の発句を父が受けて会は始められたという。父の華やぎの最後の日となった。あとの日日は屋敷で臥し、私以外は人に対面することはなかった。

十一月二十五日の明け方、ついに父は力尽きた。十二月五日、父が書き置きに指示していた通り、禅浄寺において葬礼が行われ、同寺に葬られた。五十歳であった。

父は死の一年前に書き置きをしていた。それには、まず書き出しに、今宵、死に候わば、という言葉で始まっている。まうさまらしい単刀直入な言い方であるが、本当にその時には、夜明けまで命が持たないのではないかと自覚したのに違いない。

最初に行き届いた葬礼の指示がある。引導は清長老にとあるが、別になくても結構と付け加えている。ごたごたと焼かせというのも、奉納の黄金二枚のうち、少しなりとも僧侶共に取らせるようとも書いているのは、いかにもまうさまらしい気概ではある。

第二に私のことが書かれている。

三百石は鷹丸殿。成宏と仲悪くなったなら四百石。鷹丸の一世の分なり（使用人を置くだけの余裕をみて）と父は温かい配慮をしてくれている。同時に松園家のことと御霊殿への知行について。次も私に、物の本どもは好きなだけ私が貰っていいと父はいう。その外は成宏に譲る。

その他父は三十人ほどの人の名をあげ、形見の品を考えている。祖母さまにも久子叔母にも、また親しい寺院の僧や公卿、医師、連歌師、武家も入っている。仏門の伯父には見台に、折本の法華経と鳥の子紙に書写した「古今和歌集」を載せて贈る。この人も仏門の叔母には、机に「源氏物語抄」四冊を添えて、とある。

天地有吉の遺児有頼には、鎧と鐙《あぶみ》とあるが、この二品は祖父鳳山の遺愛の品の一つである。同じく井坂高元の後継者高忠にも嚮であった。

有頼については、父にとって特別の親しみがあったのだろう。

大坂からの依頼で四十六枚の色紙を書いたが、二枚は不注意のため、もったいないことをした。とか、有頼の御袋よりの歌集一冊を誂えて、妹の月光院を通じて届けるが、不出来であるため（なぜかというと、寒さのため手が、かじかんだので）春になれば、また書き直しましょう。そのため料紙は残してあると、父から聞いたことがあった。扇子にも多数揮毫したようである。

有頼の御袋さまは、有吉の側室桜君《ぎみ》のことで、特に桜を好んだので、有吉が醍醐にお いて華麗な花見を催したのは有名であった。

有頼から鷹狩りで仕留めた鴨十羽、それに小嶋という銘のお酒三荷が贈られてきて、父が礼状を認《したた》めていたこともある。

叔母の久子には壺一つ、銘が記されている。祖母栄菖院には硯と脇差、いずれもお目に掛けて好みのものを。それに香箱一つ。

楊樹院には桃花紅硯、桃の肌を釉薬の発色だけで表は赤く熟《う》れきった色を出し、裏はまだ熟れきれずに青味が残っている。父の秘蔵の品である。二つには葡萄の食籠《じきろう》。三つ目はまうさまが、いつも飲んでいた愛用の天目茶碗。

天目は中国浙江省の天目山から興ったもので、宋代から元代にかけて、日本から入宋した留学僧が帰国の時に持ち帰り、天目と呼ぶようになった。

まうさまのは白天目で、これは国焼であるが、その数は非常に少ないのだそうだ。釉は乳白色で、全体に大まかな貫乳《かんにゅう》（釉薬《ゆうやく》の面にだけ細かいひびの現れたもの）が縦横に走っていて、さらにその間を縫うように小さい貫乳が淡く現れている。お茶を飲むたびにわずかずつ新しく生じるものだという。

さらに薄紫とも薄鼠色ともみえる、滲みか霞が漂うごとしである。内側は白い釉《うわぐすり》の中から、しっとりした楊梅《やまもも》色か、淡く冴えた琥珀色の透明な薫薬が自然に湧き出てくるような、高貴で清冽なお茶碗である。

私は十七歳、綿毛につつむように私は、父に寵愛された。しかし、父はもういない。でも、楊樹院さまとの交流はあるし、教わることも多くある。父の残したたくさんのお手本を毎日書き写していると、まうさまを身近に感じることができるのである。

日野椿

仙洞御所での「立花の会」が、寛永九年（一六三二）正月二十三日に行われる。数日前から日野資勝《すけかつ》は、準備に余念がなかった。花材については、自分でも心づもりをしていたが、花の師西池主膳《にしいけしゅぜん》の意見を尊重する。

立花の稽古に通い、主膳に花を立ててもらい、それと同じ花を立てる。持って帰り、自宅でも立花の稽古をする。西池主膳は曼殊院《まんじゅいん》に仕える侍（坊官）であるが、六角堂頂方寺の池坊専好《せんこう》の弟子であったから、資勝は専好の孫弟子ということになる。

立花会の前日、主膳が資勝の邸を訪れ、

「池坊よりの花材は整いましたか」

と問うた。すると資勝が、

「まだ届きませんが、添えだけは、私《わたくし》の庭の椿を立てようと思っています」

と答えた。

使いの者が池坊に出向いていった。

ただいま花会の最中だから、後刻にとのことだったが、待つほどもなく花材が届けられた。檜、柳、紅梅、枇杷の葉であった。夜になって、もう一度主膳が訪れた。

檜をため、柳も整え、紅梅を切りそろえた。裏庭につづく花畑の椿を数本切ってきてあったが、資勝は椿の蕾の具合が気になった。明日生けあがった時の蕾の開き加減が大切である。まだ少し蕾が固い。資勝は家人にいって部屋を適当に暖めさせ、手桶に入れた椿を運んだ。固くては風情がない。開きすぎても困る。資勝はその夜、まんじりともしないで椿の番をした。

当日は快晴で風もない穏やかな日だった。供に花を持たせ、仙洞御所に向かった。後水尾院の仙洞御所は、三年前から作事奉行小堀遠州《こぼりえんしゅう》によって造営されていたが、一応の完成をみた。

新しい書院の間では、早《はや》それぞれ立花が始められていた。この日の顔ぶれは内大臣鷹司教平《のりひら》公、この方は後水尾院の第一皇女梅宮と結婚一年目であった。寛永十年には離婚することになるが。嗣良卿、泉涌寺の法恩院、池坊専好、西池主膳、日野資勝ら十六名であった。

立花が終わり、周辺は奇麗に片付けられ作品が並べられた。

後水尾院の花は真に白梅、添えは若竹、右の前に枇杷の葉五枚、前置に柘植《つげ》。新しい年を迎えた慶びの清々しささと気品が溢れている。

専好の花は松の一色である。真は青苔を多くあしらった真っすぐな木を立て、左右に見事な指枝が配されていた。

資勝のは、昨日自宅で立てた通りで真は檜、添えは柳添、受けは紅梅と椿に枇杷の葉を二枚立てた。

それぞれが花を立て終わると、部屋を変えて食事が振る舞われた。門跡衆なども相伴して食事が済むと、後水尾院は専好に立花の批評を求められた。

「それでは、主膳の花について申します」

と専好はいい、しばらく立花を眺めてから、

「主木に添えるように梅の若木を使っているのはよろしいが、もう少し後ろへ寄せるか、または前に出して立てる方が真の古木が生きてまいりましょう」

と静かに述べた。

「次に」

といって専好は、法恩院の立花の前に座を移した。

「少しばかり胴がしまらないようすですね。これでは帯を解いたような、というところでしょうか」

笑いを交えながらも厳しい批評である。西方寺に移る。

「紅梅の枝を、もう少し整理された方がよろしい。それでないと、折角の梅の枝ぶりが充分に生きてきません」

専好はそういって、後水尾院に向かって一礼した。院や公卿衆の作品については、専好は批評を加えることを憚った。だから弟子の作品のみを取りあげた。時によっては、院と専好によって点取りの行われることがあるが、この日はなかった。

その後、資勝の立てた椿が話題になった。

「後陽成院が御所のお庭に実を蒔かれたうちの一枝を父の輝資が拝領し、わが家の庭で丹精した椿でございます」

資勝が説明する。

この椿は、珍しく表が白く裏は赤い。ちょうど花が開きかけていて、わずかに花弁の間から薄黄色の雄芯がみえた。院は、

「見事な椿です。御所にもぜひほしい。早速接木《つぎき》をしてください。この椿を『日野椿』と

命名しよう。父先帝が蒔かれた実から育ったとなればなおさらです」

といわれた。

それから方々の椿の珍種についての話題になった。

「遠州のところには、それはまた珍しい紺色の椿があるそうです」

作事奉行であり、また茶人でもある遠州の椿である。

「花は小輪で、紺色といっても、はっきり言葉ではいい表せないような色なのです。私はそんなに珍しいからといって、賞賛できるとは思えません。銘を『狐の祝言』というのだそうですが、慶び事でコンコンと鳴くところから付けたのでしょうか」

他のひとりがいった。

「紺色の椿というのも珍しいが、私が見ましたのに単重の黒椿があります。五色の中でも黒い色の花は、草にも木にもそうあるものではありません。『摺墨《するすみ》』と名付けたそうです」

「安楽庵策伝も多種の椿を集めているそうですが、策伝の持つ『春の色』と名付けられた花も変わりものと申せましょう」

誰かがそういうと、

「『春の色』とは、何色の花であるか」

と院が興味を示された。

「桔梗色といいましょうか、また朝顔の色と申しましょうか、これは花好きが久しく待ち望んだといっても過言ではございません。不思議な色の花でございます。

まず青陽は東より至ります故、四季の始めによって『春の色』と名付けたと、うかがいました。『碧羅の春の空は青糸撩乱《せいしりょうらん》として、遥かに外面を看《み》ると、陶門の柳に靡く心も嬋娟《せんけん》なり。永日逍遥して流れに臨めば、淵底《えんてい》も翠《みどり／すい》に見え、溝渠《こうきょ》の辺りを行くと、池の色も容々として、藍水を染めるやとみえて、心までが洗われる心地がする』という漢詩も策伝によって披露されました」

法恩院がそのようにいうと院は、

「『春の色』も、わが庭にほしいものよ」

といわれた。

立花は最初室町時代の書院飾りの「たてばな」として登場し、二代池坊専好によって一瓶の花が、それだけで鑑賞の対象となる立花として完成させた。後水尾院の立花好きと、御所を立花の場として提供するという院の理解によるところが大きかった。

資勝は寛永五年から西池主膳について、立花を稽古している。それは、後水尾院が立花に執心されるのを見習っているうちに、自分も立花に熱中するようになったのか、それとも、もともと花が好きだったのか、おそらくそのどちらもであっただろう。

花材にする木や下草を、山や野に採りにいかせているうちに、自分でも庭に花木を栽培する趣味を覚えた。それに、ちょうどこの頃より世間では椿の愛好熱が急激に高まってきていた。

資勝は熱心に立花の稽古に励み、時には池坊専好を訪ねて稽古をすることもある。新しい薄端《うすばた》や青磁の瓶を買い求めたり、主膳から池坊流の「花伝抄」や「座敷花入図」などを借りて書き写したりした。

新御所のお庭にも珍しい椿が植え込まれていた。それぞれ銘が付けられていて、白い徳永、赤く飛入りのある蔓が、花が長くて花弁は開かず、つぼ口をしていて、内側に少し飛入りのある八宮、これは白もあったが、資勝は初めてみた花だった。その他六条、山路など後水尾院も椿に深いご執心であった。

それは院から依頼された『日野椿』の接木《つぎき》のことで、資勝は気持ちがいっぱいだった。何とか上手に活着させて献上しなければならない。それと同時に資勝は、先頃庭の池の端のやぶ椿を植え替えたが、近い将来には後園に椿畠を設け、そこへ邸内に分散して植えてある椿を集めたいと考えた。資勝の庭のあちこちには、八条宮智仁親王より頂いた「ちり椿」や、四辻季継《よつつじすえつぐ》より贈られた「しら雲椿」などの貴重な種類の椿もある。

後水尾院（その当時は天皇）が譲位の意志を、内々にその周辺にもらされたのは三年前の寛永六年、御年は三十四歳であった。

理由は、天皇自身の身体的なことであって、天皇は今までも、ときどき背中に腫れ物のできることがあったが、医師の通仙院に診断させると、腫れ物には芯があり、御養生なさればよろしいとのことであった。しかし、天皇の位についたままでは養生もできかねる。通仙院よりの薬をあがって養生されたが、腫れものはいっこうに引かないので、お灸をしようと思われたが、天皇の位に就いたままでは、それがおできにならない。

腫れものというのは節と癰《よう》のことで、節はおできで痛みがはげしく、中心にしこりがある。それが、なお大きい炎症を起こしたのが癰であるが、癰あるいは癰疽《ようそ》は不治の病と恐れられていた。

この頃、叔父にあたる八条宮智仁親王もまた癰に侵され、病状は末期的段階にあった。

後水尾天皇が譲位のことを側近に洩らされたちょうど一か月前、この年寛永六年四月七日に智仁親王は、それがもとで薨じられた。十七歳の年齢差があるとはいえ、同じ病と思われた天皇は、ことさら不安を強く感じられた。父の御陽成上皇も、この病が原因で薨去されていた。

古来から、天皇は鍼や灸のような体を傷つける治療を受けることは、できないことになっている。しかし、後水尾天皇の場合九歳の時に、当時の武家伝奏中院通勝が先例を発見し、内密に灸治療がなされた。この時に充分な効果があったという。

腫れものは薬では好転せず、早く譲位して灸治療を受け療養に専念したい、と天皇は思われた。

中宮和子《まさ》（二代将軍秀忠の娘）との間の女一宮に譲位し、その後和子との間の皇子の誕生まで即位させたいという希望は、天皇はもとより、天皇の母中和門院《ちゅうかもんいん》の意向でもあった。そこで、その意向が公家衆に文面で通達され、主だった公家が返答することになった。

「女帝も例があり子細なし」

「旧記を引いてやむなし」

「推古、元明天皇の女帝の例がある。灸治は、在位中は難しいので譲位も、やむをえない」

と十名全員が譲位は不可避とした。女一宮即位もまた、やむなしという返答をした。これらの公家衆は皇弟である近衛、一条を除く摂家、および一位、権大納言上位者で日野資勝も含まれ、中院通村《なかのいんみちむら》のみ二位中納言であるが、武家伝奏であったため、異例の意見具申であった。中院に対する天皇の、いかに信頼の厚かったかが分かる。

この公家の返答を受けて、勅使として武家伝奏の中院通村以下一名と、中和門院の使者が江戸に向けて出発した。譲位の内旨を伝えるためである。五月七日の天皇の譲位発表から四日目には、公家衆の意志統一を諮《はか》って幕府に正式の使者を出発させた。

幕府は、譲位決定の引き延ばし策を始めた。女帝への譲位は歓迎できない、という。なぜなら当然女帝は一代で、その血統は絶えるからである。女一宮が中宮徳川和子の娘であっても、徳川氏の血が皇統には入らない。できることなら、皇子の誕生を待って、直接に後水尾天皇から皇位を譲られるかたちが望ましいのである。

寛永三年に誕生した高仁親王は、幕府の期待も空しく寛永五年六月十一日に歿した。この時、中宮和子は次子を懐妊していた。三か月後の同年九月二十八日に、またも皇子が誕生した。しかし十日の命もなく、十月六日に急逝した。あとは皇女一宮しかいない。ところが、譲位の諮問があった寛永六年五月には、和子はまた懐妊していた。幕府は天皇の譲位希望を受けて、せめて和子出産までは、延ばしたいと考えた。

秀忠からの手紙は、急ぐべきではない、という反対の内容であった。

人々の見守るうちに、寛永六年八月二十七日午前二時ごろ、出産があった。生まれたのは姫であった。

幕府は八月に秀忠と三代将軍家光とが、それぞれ天皇へ書を送って、譲位延期をもとめていた。が、もはや姫君の出産で、さしあたって女一宮の即位しかあり得ない以上、このうえは直接、天皇の意向と病気の状態が、どの程度さしせまっているのか確認しようとした。

家光の乳母江戸の局（この参内によって春日の名号を許された）を上洛させ、拝謁を要求したのであった。江戸の局お福は、参内にあたっては、武家伝奏の職にあった三条西実《さね》条《えだ》の妹分となって天皇に拝謁した。

天皇は不快であった。幕府の意図もさることながら、朝儀復興を念願する天皇の意向を、無位無官の女性の参内によって破られたのである。

だが、とにかく江戸の局お福は、天皇に拝謁して天盃を受け、名を春日局と改めて十月十日、無事参内を終えた。さらに十月二十四日には、春日局の願いによって宮中で神楽が催された。しかし、天皇は出御されなかった。出御せず、その間近臣と香の会を催されていた。

この時点で天皇は、幕府の賛成を待って譲位するのは無理と判断した。ただ、一人ででも譲位を果たしてしまおうと決心した。土御門泰重を御所に呼ばれた。泰重は天皇の密命を受け、翌日中院通村に会って相談をする。もう一度泰重は御所に呼ばれ、準備を整え女一宮に内親王が宣せられた。

月が変わり十一月になると、早速中院通村は中納言から大納言に昇任となった。八日の朝、公家衆に伺候の命令があった。朝八時ごろ、束帯を着けて直ちに参内せよ、という触れが回った。日野資勝も使いの者に、

「何事でございますか」

と尋ねたが、何も詳しいことは知らされなかった。

資勝が参内すると、たちまちのうちに公卿以下、残らず束帯姿で参内してきた。

とにかく節会をするというので、次々と座に着いた。やがて奉行弁頭中将が来て、

「譲位である」

と告げた。このあと儀式は整然と行われたものの、あまりにも意表をついた天皇の計画に、一同はあっけにとられたというのが実情であった。

ここまでの譲位に至るまでには、いろいろな事情があった。まず順を追っていくと、徳川家康が慶長八年（一六〇三）二月、征夷大将軍に任ぜられ、江戸に幕府を開いた。同年九月に、家康は武家伝奏を通して公家の行動に規制を加え、公家は請書を呈出した。さらに内裏造営に前後して、幕府は禁裏の権限を制限し支配力を強化する。天皇の権限は実質的な意味を持つものはなく、権威の象徴としての官名、位階、称号授与の権と、年号制定の権が主なものであった。幕府はそのうちの官位、称号授与について、まず制限を加えてきた。

官位の制定について、家康は公家と武家を分離し、武家の官位は、朝廷とは別に幕府が定めると朝廷へ申し入れた。

つづいて紫衣法度《しえはっと》が定められた。紫衣法度にかかわる事柄のひとつとして、それまで大徳寺、妙心寺他の寺院では、自由に住職を定め、天皇の勅許により紫衣（鎌倉時代以後、高位の僧に与えられた特別の袈裟）を許されていた。

ところがこの法度によって、勅許以前に幕府に申請して幕府の許可を得ることが必要となった。天皇の権限の制限である。

大坂夏の陣の直後の元和元年（一六一五）七月、家康は朝廷政策の仕上げとして、「禁中並《ならびに》公家諸法度《くげしょはっと》」を制定した。

鎌倉以来、武家政権の時代が約四百年つづいてきたが、朝廷に対して法制を発布した例はなかった。

法制には禁止項目のみでなく、新たに公家の仕事を規定した。公家衆の務めを「家々の学問」とし、天皇の任務もまた、この公家の務めの延長線上に定められた。

天皇の務めは芸能である、とまず規定し、さらにそのなかでも学問を第一として、具体的には経史を勧めたあと、和歌の道こそ天皇の最もたしなむべき道としている。もうひとつは禁中の行事、有職《ゆうそく》の知識を学ぶように勧めている。

天皇の務めの芸能とは、いわば教養として心得るべき知識のことで、中国の六芸（礼・道徳教育、楽・音楽、射・弓術、御・馬車を操る技術、書・文学・数・算数）を含み、かつ日常の室礼や芸道に及ぶ内容の言葉である。いわゆる文化一般を指す言葉で、天皇が文化の面の最高権威であり、文化そのものの体現者である、と捉えられた。そのうちには立花も含まれる。

後水尾天皇は、十代の時期から熱心に漢学を学ばれた。最初は「孝経」で、これは十歳の時、約半年かかって終えると、つづいて「大学」、これは約四か月で済まされ、次は

「論語」を始められた。その翌年には「孟子」、続いて「日本書紀」「古文真宝」などを学ばれた。

儒学を中心とした漢学の素養のうえに、後水尾天皇は歌学に精進を重ね、有職学をまとめた「当時年中行事」の労作を著された。

幕府の規定がなくても、天皇の伝統的任務は学問歌学有職であったに違いないが、公的に定められたその規定を、もっともよく後水尾天皇は体現された。

一方で、幕府の耐えがたいような専横や圧力があったとしても、後水尾院は真っすぐに自分の行く道を通していかれた。

耐えがたいといえば、後水尾院の父後陽成《ごようぜい》天皇も、また天皇の権威の再興を願いながら、幕府（徳川家康）との軋轢の中で、その間に入った弟の八条宮智仁親王にあてた返事、

ただなきになき候。なにとなりとも、にて候。

との言葉が天皇の心中を的確に表している。

後水尾院もまた、幕府の圧力に対し、次の歌を詠まれている。

思ふ事なきだにいとふ世の中に
哀れ捨ててもおしからぬ身を

葦原やしげらばしげれおのがまま
　ともに道ある世とは思わず

後水尾天皇が、幕府の許可を待たず譲位したことに対して、京都所司代から報告があると、秀忠は大いに機嫌を損じて、

「旧例もある。上皇を隠岐島にでも流すべきではないか」

といったが、家光が父の秀忠を諫めて事なきを得たといわれる。

寛永六年十一月の譲位後、間もなく後水尾院は、かねて懸案の腫れもの治療にかかられた。十二月十日医師の通仙院他一名が伺候して腫れものと脈を看、薬を調進したのち、治療法は鍼でゆくことに決まった。ここで医者は退出した。医者が直接お体に触れることは、できないことになっていたためである。

土御門泰重《やすしげ》、中院通村、後水尾院との間に、第一皇女梅宮を儲けたおよつ御寮人の兄、四辻季継など側近が残って、四辻季継の手で鍼が打たれた。ところが鍼を打った直後、後水尾院は、にわかにふるえがきて、一同は動顚した。通村は後水尾院の足を懐に入れて暖めた。季継は女中に指図し塩湯をつくって暖めたりして、間もなくふるえは無事におさ

まった。

後水尾院の体に鍼は合わなかったものの、灸治療が効いたのか、心配された院の健康は回復に向かった。腫れものも癰ではなく節であった。院は健康を取り戻されたのである。

寛永七年九月十二日に女一宮、つまり明正《めいせい》天皇の即位があった。

明正天皇の即位は、奈良時代の称徳天皇以来、約八百六十年ぶりの女帝の誕生である。わずかに七歳。しかし、この時ついに幕府は念願の外戚の地位を手中にしたのである。

後水尾院には今後、皇子が誕生する可能性があるのだから、ここはまず徳川氏の血を受けた明正天皇を盛り立て、守りを固めた。即位のすぐ後には、幕府から目付役が派遣された。彼らは公家衆に次のように厳命した。

「後水尾院の譲位は、まだお年も若く、男子誕生後でもよいと将軍、大御所ともに考えていたが、突然の譲位で驚かされた。女帝は平安以来絶えてないが、これも叡慮とあれば致し方ない。明正天皇は女帝であり、しかも幼帝である。五摂家衆が力を合わせ、怠ることなく勤めるように。公家諸法度は権現様（徳川家康）が定めた通り、少しも変わるところはない」

と。

そして具体的には、武家伝奏を更迭し、幕府の威信が禁中深く届くように手を打ったのである。

九月十二日に即位が終わってすぐ、十四日に後水尾院の最も信頼厚かった武家伝奏の中院通村が罷免され、代わって日野資勝がその職に任じられた。突然の譲位の情報を、幕府が事前に把握できなかったのは、後水尾院の側近中院通村の策ではないか、と幕府は疑った。中院を側近から追放しようという、幕府の心づもりがあったのかもしれない。

十四日に幕府の目付役や、京都所司代らが参内し、武家伝奏中院通村の更迭を要求した。

「おのおの、これへ参集いたしましたのは、伝奏の儀についてであります。中院大納言は幕府との相性が悪く、別人になされるように仰せ付けられたい。そのようなことであり、日野大納言資勝が、幕府昵近衆のうちでも、唯心（資勝の父日野輝資）以来、ことに幕府によく仕える家筋であることを考慮され、適当かと思われる。明正天皇の御意見を伺い、後水尾院にも伺っていただきたい」

というものだった。

朝廷側は、その罷免理由をただした。すると、

「あれこれと、将軍から理由を申し上げているわけではないが」

といい、心当たりもない、いいがかりなどを述べた。朝廷側は幕府古老からの直々の申し入れであってみれば、是非なく受けいれるほかはなかった。ただちに中院通村の武家伝奏は留められ、日野資勝が選ばれた。資勝は再三固辞したものの容れられず、引き受けることになった。

中院家は、第六十二代村上天皇から出た村上源氏といわれる家柄である。皇子具平親王、次の皇孫師房の時に、皇族から離れて臣籍に降下し、「源」の姓を賜った。文官として朝儀に参加した。

邸が土御門《つちみかど》通りにあったため、土御門家ともいう。

通村の父通勝は、細川幽斎《ゆうさい》について和歌を学んだ。「古今集」の秘伝や、二条流和歌の奥儀を得た。通勝にはいろいろな著述があるが、「岷江入楚《みんごうにっそ》」五十五巻は、そのうちでも特筆すべき著書である。

「岷江入楚」は「源氏物語」の研究書で、多種多様な「源氏物語」の註釈書から「河海抄」「花鳥余情」二十巻を参照し、詳しく考証したものである。「源氏物語」の書名の源が、水に関係のある文字なので、唐の詩人黄山谷の詩句中にある「岷江初濫觴、入楚乃無底」の語を採って、この書名にしたものである。

通村の母は、細川幽斎の娘である。通村は父通勝より得た古今伝授の全てを、後水尾天皇に奉献した。秘伝を宮中に進納した。

これによって、天皇が古今秘伝の最高権威となった。そのために古今秘伝が一種の聖典のようになったことと、朝廷がその本宗であるということは、少なくとも和学においては朝廷が最高峰であり、特色がある。これは通村の大きな功績といえた。

後水尾院の信任は厚く、通村が幕府によって武家伝奏を罷免させられたうえに、江戸に幽閉させられることになったが、この時、後水尾院は特にこれを悲しまれて数首の歌を詠まれた。次の歌はその一首である。

思ふより月日経にけり一日だに
　見ぬは多くの秋にやはあらぬ

中院通村に代わって、その職に任じられた日野資勝は、父日野輝資以来、ことに幕府によく仕える家筋であるとされた。

日野輝資は広橋家の出であるが、日野晴光の嗣子となった。和歌に秀で、有職故事に詳しく、千利休について茶道をおさめた。出家して唯心院と称した。家康が京都にある時はしばしば侍し、学問を講じ、のち家康のいる駿府におもむき、秀忠とも昵近となった。父の輝資が亡くなった時、資勝は四十六歳であったから、父の志を継承することはできたが、武家伝奏の役は重責であった。

譲位ののち、後水尾院の住居仙洞御所の造営が急がれていた。場所は今まで禁裏の建物のなかった御所東南部の一角で、ここに後水尾院と東福門院となった中宮和子の御所が、東南に後水尾院の仙洞御所、北西に女院御所が建築された。仙洞の総建坪数は三千五百六十二坪、女院は三千八百八十四坪で仙洞より少し大きい。土地といい、建物といい内裏に匹敵する規模である。

後水尾院は若年の頃から立花に興味を持ち、次第に堪能になった。公卿や周辺の同じく堪能な者が選ばれて、この新しい広い御所で立花が行われた。

寛永六年は特に多く、一月から七月にかけてだけでも、一月に七回、二月に八回、三月八回、四月四回、五月二回、六月三回と約半年の間に三十回以上の立花の会が開かれた。

この年一月十三日の会では、後水尾天皇（この年の十一月に譲位された）は池坊専好に、

「それぞれに順位をつけよ」

と命ぜられた。

専好は並びいる人々の立花を比べ、まず天皇の花を第一とした。四辻大納言季継が第二

位、第三位が関白近衛信尋《のぶひろ》、第四位が妙法院堯然法親王《ぎょうねんほっしんのう》、第五位に高倉嗣良、勧修寺他一名、七位には資勝の息子日野光慶となっている。

二位以下については関白、法親王（いずれも天皇の弟）をしりぞけて四辻季継の花を上位とするなど、かなり自由な雰囲気で批評がなされている。

二十二日にも点取りの立花があり、三月四日、五日にも連日点取りの立花が催された。四日の会は雨になった。顔ぶれは近衛信尋、鷹司教平、高倉嗣良《つぐよし》、勧修寺、妙法院、土御門泰重、四辻公遠《きんみち》、季継《すえつぐ》父子、それに日野資勝、光慶父子、西池主膳など十六名で立花の数も十六瓶であった。点者は天皇自身であった。立花は連歌や聯句《れんく》のように、衆目のなかで演じられ、評価がくだされる遊びであり芸能であった。

つづいて五月十二日の会は三十人、七月七日の七夕の大立花は四十九瓶が立てられるという壮観さであった。七夕に花を立てることは応永六年（一三九九）に北山の足利義満邸の寄合で、七瓶の花合《はなあわせ》が行われている。青蓮院、聖護院以下多数が集合、七種の花の瓶に挿した花を競べ合わせた。この時、くじ引きで小袖が贈られた。

その後も座敷飾りとして、しつらえにかなり技巧がこらされるようになり、七夕には草花を集め花瓶に挿すことが著しくなっていった。

禁中の御所の紫宸殿より庭園には、両側に仮屋が南門まで並んだ。この七夕の四十九名、四十九瓶の「大立花会」にも天皇のお花以下、資勝父子も参加している。大立花の周辺には、花狂いといえるような熱気がはらまれていた。会の中心は、もちろん後水尾院と池坊専好である。

「立花は面白いもので、これが好きになりだしては、他のことは耳にも入らなくて、昼夜このことばかり考えてしまう。自分が歯を悪くしたのは、立花のためだ」

と、ある時院はいわれたが、じっと歯をくいしばって思慮することは立花ばかりでなく、生涯に二千余首の歌を詠まれた作歌があり、耐え忍ばれた事柄も、この頃多くあった。

徳川和子の入内に際し、後水尾天皇の第一皇女の母およつ御寮人を遠ざけるための手段として、その兄弟の四辻季継や高倉嗣良が一時、豊後へ流刑となった。他の同じく側近四名も、流刑や出仕停止という処分を幕府より受けた。

紫衣法度にからんでは、これも天皇の信任の厚かった大徳寺の沢庵宗彭《そうほう》が出羽国へ、玉室宗柏《そうはく》は陸奥国へ、他如心寺の高僧も配流となった。天皇や近衛信尋《のぶひろ》と親密だった一糸文守《いっしぶんしゅ》も、師沢庵宗彭《そうほう》に殉じた。沢庵らが幕府を公然と批判した結果であり、幕府の強引な威信の示威であった。

資勝は後水尾院の側近として、また朝廷と幕府をつなぐ重職武家伝奏に就いて一年数か月になるが、その立場上、院が芸能に打ち込まれることはありがたかった。

幕府との軋轢や緊張関係も、時の流れに少しずつ、緩和されていっている。後水尾院の見果てぬ夢の実現のひとつが立花であり、それはさらに大きなものに開花する予兆が資勝には、うかがえるのだった。

正月の立花の会で後水尾院が気に入られ『日野椿』と銘名され、接ぎ木をといわれた。時間があると接ぎ木が気になり、何度も資勝は庭の一部にある椿畠へ見にいく。資勝は院に乞われて、早速といいたいところだが、春三月寒気のゆるむ時期まで待って、さし木と接ぎ木をした。

資勝は水に強い木箱を選び、雑菌を消すために湯を通し、水苔《みずごけ》を混ぜた土を入れ、表裏紅白の椿の枝を数本切り土に挿した。だが、これはあくまで予備である。さし木は細く短い枝以外は無理であったからである。

接ぎ木の方は、台木に樹勢が強く根がしっかりした、あまり年数の経っていない若木を選んだ。接ぎ穂はくだんの椿である。枝の不要な下葉を取り、葉先を切る。台木に切り込みを入れ、接ぎ穂をしっかり合わせる。乾燥を防ぐため蠟を溶かし、台木の切断面と穂木にぬる。その部分をひもでしっかり固定する。その部分まで土を足す。

発根するように祈るような気持ちで、夏の暑い日は日当たりに注意し、葭簀《よしず》を張った。直接日に当てると、吸水と発散の均衡が悪くなり、発根しにくくなる。水遣りにも気を付けて、苗木を乾かさないようにした。さし穂が動かないかと、風にも気を使った。春に接いだ木の活着は、早くても半年は掛かる。

いつの間にか、季節は秋になっていた。椿畠に出た資勝は土を掘り、そっと晒で巻いた接ぎ木の部分をほどいてみた。完全に活着しているようだ。細い根が伸び、接ぎ穂にはいきいきした緑の葉がついている。

一刻も早く仙洞御所に届けたい。後水尾院の喜ばれる顔が目に浮かんだ。やがてこの木に蕾がつき、冬には花が開くだろう。どんな花であろうか。果たして『日野椿』と銘名された、あの花が咲くだろうか。

こんな時、資勝は、後水尾院と東福門院と明正天皇と、幕府の間を取り結ぶ、難しい武家伝奏の役目を忘れて、心《しん》から花に夢中になるのであった。

源頼政と娘讃岐

障子を開けると、視界の先に紅葉の彩りが昨日より今日と一段と赤味を深めている。

讃岐《さぬき》はひとり、ここ洛西の小さな庵に座し、越し方をふり返る。

午刻《うまのこく》の陽光の照り映える紅葉の赤が、讃岐には、父 源頼政《ふじわらのよりまさ》が宇治の平等院の池のほとりで、平氏軍に敗れ、自決したときの血の色に見える。

頼政が奉じた以仁王《もちひと》と、頼政が率いる軍勢の、平氏との最後の戦いとなった宇治川の水を染めあげた血の色を連想する。

宇治橋の中央の橋桁を剝がす、という手段をとった頼政の計により、平氏の軍兵は川に落ち、水勢に攫《さら》われて、萌黄《もえぎ》、緋縅《ひおどし》、赤縅《あかおどし》の鎧が、浮きつ沈みつして下流に押し流されていくさまは、さながら川面に散った紅葉と見まごうようであったという。

長い年月を経たのに、讃岐には、なぜ父の頼政が平氏打倒を思い立ち、以仁王を説いて兵を起こしたのか、今も納得がいかないのである。

讃岐は十七歳で、二条帝に女官として仕えた。帝は十五歳であった。讃岐は歌人としての研鑽にいそしんでいて、二条院讃岐と称され、帝と和歌の贈答をすることもあった。

歌壇は藤原清輔《きよすけ》を中心とする六条藤家と、藤原俊成《としなり》を頂点とする御子左家《みこひだりけ》と、讃岐が属した俊恵《しゅんえ》の主宰する歌林苑《かりんえん》が、それぞれ重要な位置を占めていた。

歌林苑の主宰者俊恵は、六条家源俊頼《としより》の子息で、十七歳で東大寺に入室し、大法師となり、その後白河にある自分の僧房で歌壇活動を行っていた。

堂上歌人から地下《ぢげ》の僧侶女房に至る、広範囲にわたる歌人が、歌林苑には参加していて、俊恵と同年輩の頼政は重要な一員であったし、讃岐の兄の仲綱《なかつな》も出入りをしていた。

女性歌人としては、讃岐より二十歳近く年長で、同じく二条院女官でもある小侍従や、殷富門院大輔《いんぷもんいんのたいふ》、三河内侍《ないし》らがいた。

賀茂社の神主である重保《しげやす》が、歌合を催した。

その時讃岐も出詠し、『霞』と『花』と『述懐』の詠題のうち、実房と競詠した『霞』で勝ちとなった。選者は俊成である。

俊恵が寛容な人柄であったからか、対立を続けていた六条藤家と御子左家のいずれとも、俊恵は自由に交流し、俊成たちも、歌林苑の歌会には作品を寄せたり、俊恵主催の歌合の判者を勤めたりした。

賀茂重保《かものしげやす》の撰で編まれた『月詣和歌集』には、俊成の二十九首、俊恵の二十五首、重保二十五首、実定十八首、西行十七首と、大輔の十二首、小侍従が十一首、讃岐も八首が採られた。

自分には真似のできない小侍従の、自由奔放な生き方に、讃岐は憧憬していた。

贈答歌も俊成、定家親子、西行をはじめ何人もの、今をときめく男性と交わしていたし、経盛《つねもり》や雅通《みさみち》、実定《さねさだ》、それに頼政とは恋の歌を応酬している。

俊恵が、

「小侍従は、華やかで、情感が溢れるような歌を詠む。なかでも歌の返しをすることには、誰よりも優れている。

歌の本質をよく見つめて、当意即妙の打てば響くような返歌ができる人だ」

と褒めた。

小侍従には、

待よひのふけゆくかねの声きけば

あかぬ別れの鳥はものかは

のような『待よひの』歌がいくつかあり、『待宵の小侍従』とも呼ばれていた。快活で機智に富み、魅力的である小侍従には、さまざまな浮名がたった。なかでも頼政とは、特に親密であった。

頼政も幾人もの女性と歌を交わしているが、小侍従との贈答が最も多い。『花を待つ心に似た恋』の歌に、蕾の花枝を添えて送ったり、皇居の桜が満開で雨が降る日に、歌を詠んで届けている。いずれも小侍従からは、艶麗な歌が返されている。

この月の暮れには逢いましょうと、約束をしていた小侍従の下《もと》に、やむをえない支障ができて、訪れることができなくなった頼政は、次の日に使者をやって、昨夜は事情があったので、今夜はかならず待っていてください、といってやると、小侍従からの言葉は何もなく、痛烈で絶妙な返歌が戻ってきた。

頼政は早速に、小侍従の気持ちが変わらないようにと、返歌の返しを送っている。

ある時にも、

命あらばもし逢ふことのありやとて……

と書いて送ったが、返事がないのでもう一度、

とどこほる春よりさきの山水を
　絶えはてぬとや人はしるらん

という歌を送った。

すると、お寺に籠っておりますのでと、使いの者に言伝《ことづて》があり、返歌はなかった。

年が改まり、正月の十日にやっと小侍従からの、斬新な心の洗われるような歌が届いた。

やがてそのうち、小侍従が都に住んでおれなくなった男と一緒に、東へ下ることになった。その時頼政は、

――形見にしたいので、あなたの着ならした物を、ひとつ置いていってください――

と気持ちを歌にして送ると、小侍従からは歌と共に、唐衣が送られてきたようである。

小侍従は、東の方《かた》に下ったものの、やがて都に戻った。

頼政はこれまで幾度となく、出家を望んだ。

それがやっと実現したとき、過ぎ越した七十六年の生涯をふり返って、今からは静かに浄土からの光を仰ぐ日日を迎えることができると、心安らかであった。

そんな時に、小侍従も出家して尼になり、八幡に隠棲していると人伝《ひとづて》に聞いた。

頼政は自分の出家に小侍従が、まさか追従するとは思わなかったので、その感慨を歌に

して小侍従に送った。

小侍従からは、すぐ返歌がきた。

「深く契り合ったわたくしたちではありませんか。

どうして遅れることなど、できましょう。

――安らう道も誰ゆえに、みんなあなたと共にありたいためですよ――」

と詠まれていた。

小侍従の慕う気持ちが、湧き出る清水のように頼政の心に沁みいる。

逢えば過ぎた昔の思い出話に、花を咲かせることができる。

勇壮な武将であり、一面繊細な感情を持っている歌人としての頼政に、敬慕する女性が数多くいたが、小侍従とは終生親交が絶えなかった。

この頃、頼政の心の隅に、後白河法皇の第三皇子である以仁王を奉じて、平氏打倒の計画が芽生えていた。

ただならぬ想いを抱きつつ、頼政は秋の一日を和歌の整理にあてた。詠草をまとめつつ、詠んだ年月を辿れば、その時その場の有り様が目に浮かぶようである。

移りかわる四季、花、旅、なかでも恋の歌が、いちばん多い。

諸家歌会への出席は頻繁で、歌林苑会、法住寺殿歌合、平経正、経盛卿家歌合、藤原教長家歌合、清和院斎院会、右大臣兼実卿家歌合、三井寺歌会。

宰相入道（平清盛）歌合もある。

連日、雪となった日や、花を尋ねて山に入った日に、共に歌を詠んでいる。


後白河院の第一皇子、二条帝が十五歳で帝位を継がれ、二十二歳で崩じたあと、その御子、六条がわずか一歳で皇位を継承した。

六条帝は在位三年で、以仁王の異母弟、七歳の高倉帝に譲位された。

順位からいえば、高倉帝の兄に当たる第三皇子の以仁王となるべきであったが、高倉帝の母は、建春門院《けんしゅんもんいん》（清盛の妻時子の妹滋子）で、今をときめく平氏の血脈に連なる人だったからである。

以仁王は、建春門院にうとまれた結果、元服のあと親王の宣下を受けていない。一時僧籍に置かれていて、そののちは、紀伝（文章）の道を学び、詩作し、花鳥風月を友として管弦に心慰める日々を送っていた。

御所の守護であった頼政は、まだ内裏への昇殿は許されず、三位以上は紫の、五位は緋や蘇芳《すおう》の華やかな袍を着ることができる朋輩を、空しく殿上に眺めて、頼政は庭でわが身の緑の衣装を喞《かこ》つのであった。

昇殿するのは、朋輩とはいえ、今やわが世の春を謳歌する頼政からみれば、孫のような平氏の若人たちである。

二条帝在位中、頼政はついに昇殿することはなかった。許されたのは六条帝の時期で、何人もの人から祝いの歌を贈られ、頼政自身さまざまに悦びの気持ちを詠んだ。

散るをのみ待ちし桜を今よりは
　雲の上にておしむべきかな

昇殿の許しがでた翌月、ひきつづき五位から従四位下に叙せられた。

この時も、頼政と歌道の交わりの特に深かった藤原頼輔《ふじわらのよりすけ》から、慶びの歌が寄せられた。

あけ衣いろをまししにむらさきは
　いまひとしほやみにはしむらん

頼政から、自らの嬉しさの気持ちを返したのは、いうまでもない。

二条帝の治世八年のうち、源氏と平氏が戦った「平治の乱」（一一五九）後は、頼政にとって最も平穏な時期であった。

平治の乱の前には、崇徳上皇と後白河院の兄弟骨肉の争いとなった「保元の乱（一一五六）」があり、味方が敵になり、敵が味方になったり、という人心が向背し合い、まして親子、兄弟が殺し合うという、めまぐるしく変わる世の中の情勢の中で、頼政は自分一人のことのみ、を考えているわけにはいかない。

摂津源氏の長として、数百の部下の運命を預かる身として、危機の数々に処していかなければならなかった。

そんな時期が過ぎて、今はともかく、平氏とも協調しながら平穏に過ぎているのであった。

嫡男の仲綱も五位を賜《たまわ》り、隠岐守《かみ》に任じられ、やがて伊豆守に移っていた。養子の兼綱も翌年五位に叙された。

この頃、清盛の長男重盛《しげもり》は権大納言、三男宗盛《むねもり》が参議右中将、清盛の弟頼盛《よりもり》が従三位准参議に叙任された。

同時に一門の公卿十六人が四位、五位で殿上を許され、殿上人三十余名を数えた。さらに一門から多数の受領者を輩出していた。

平氏の権威が強大化していくにつれ、朝廷公家貴族に対する風当たりが、厳しくなるということで、直接武人の頼政がこうむるものではなかった。だが頼政にすれば、平氏に比べいつまでも変わりばえのしない、皇居の護衛を勤めているにすぎない地位に置かれている源家との間が、日に日に開いていくのに、鬱々としないではおられなかった。

武士階級の二大勢力は、関東の桓武平氏と西国の清和源氏であるが、その清和源氏は満《みつ》仲《なか》、頼光《よりみつ》、頼綱《よりつな》、仲政《なかまさ》、頼政《よりまさ》と継がれてきた。

保元の乱の以前、頼政が鳥羽院に仕えていた頃には、平氏とほとんど肩を並べていた。その平氏が、この二十年ほどの間に最高権力の座に昇り、今ではただ平氏に頤《おとがい》で使われ、その意に従わなければならなくなっている。

同じく鳥羽院に仕えていた藤原惟方《これかた》は、二条帝の近臣でもあったが、帝と後白河院の対立に関して、院のお咎めを蒙り、阿波に流されていた。

二条帝と後白河院の対立は、父帝後白河から譲位され、帝位に就いた二条帝が、一挙に自らの親政を推し進めようとされたことによる。

それは束の間であり、二条側近の藤原惟方《これかた》、師仲《もろなか》、経宗《つねむね》らを、後白河院と清盛によって遠ざけられてしまう。

最初の頃こそ、帝位に就き院政を排し、意欲的に親政を執《と》ろうとした二条帝の下《もと》へ、群れ集まった公卿や群臣も、潮流をいち早く見通して、後白河院の院政が優ると見て、院の御所へ参集する有り様であった。

阿波に流されていた惟方は、許されて帰京し、その後は東山大谷の地に隠棲している。出家して別当入道となり、出仕することはなかった。

側近に対して、深い温情で接せられた亡き鳥羽院を懐しんで、頼政と惟方は歌を詠んだ。

頼政は、山里に住む別当入道のところに、尋ねていって、昔のことなどを語りつつ、哀しみは尽きず帰ってから、故院の面影が憶《おも》い浮かんで、と詞書した。

有し世の君やかたみにとまるらん
　先見しままに昔おぼえし

と書いて送った。

別当入道からは、

世もかはり姿もあらぬ君なれば
　我も昔のかたみとぞ見し

の返歌が届いた。

懐かしく昔を偲びながら、頼政は子孫を思い、後世を願い、わが身の現在の安穏と閑暇を楽しむことが、晩年を迎えた頼政の望みでもあった。

賀茂社での歌合では、

数ならで老いぬと何か嘆くべき

三つの楽びある身なりけり

と心境を詠んだ。

長い労苦と奮闘の生活から、今は解放されて幾度か一身の存亡、一家の興廃の危機があったが、それを切り抜けて、ここまで辿り着いた。

今はもう思い出の全てを、過去に委ねて三つの楽しみに浸って過ごそう。そういう感慨であった。しかし四位になった頼政は、三位叙任の希望を持っていなかったわけではない。三位からは、公卿の列に連なることになる。

三位に叙せられたのは、治承二年（一一七八）高倉帝の治世のことであった。武士で公卿になった最初は、正二位刑部卿となった清盛の父、平忠盛《ただもり》であり、頼政は源氏では第一位で、この時から『源三位《げんさんみ》頼政』と呼ばれることになる。

頼政の叙三位は、摂関家にとっても思いもよらない、異数の抜擢であるはずだ。その以前に頼政は、正四位下から上らないわが身を、

のぼるべきたよりなき身は木のもとに
　椎《しい》をひろいて世を渡るかな

と歌に詠んだことがある。

これに清盛が目をとめて、頼政の働き、平氏に対する忠実な協力、奉仕に感謝の気持ちがあり、後白河院へ熱心に奏請し実現したものであった。

平氏への憤懣は常に持ちつづけてはいても、全てに後れをとり、今は平氏の風下にいる。一家一党の維持と、繁栄と武門の名誉とを考えると忍ばねばならない。そうであるからこそ、自らに秘めた三つの楽しみに老後は生きようとしていたのである。

頼政は勅使からの宣旨を涙ながらに受けた。

病がちになっていたので、叙三位の参賀の儀を延ばしてきたが、治承三年（一一七九）四月になって実行することになった。

参内のための牛車を頼政は持たなかったので、関白基房《もとふさ》に借用を願い出た。

しかし断られたので、日頃歌詠を通して親しい、基房の弟の右大臣兼実《かねざね》から拝借して、無事に勤めることができた。

基房、兼実、それに亡き基実《もとざね》は、藤原道長より五代つづいている。

またしても頼政に対しては、悦びの贈歌が相ついだ。

この年の秋、頼政は以前から望んでいた出家を果たしたのであった。

頼政の邸は、近衛河原にある。

元の住まいは、二条帝の后多子《まさるこ》に乞われて召し上げられた。代わりの住まいは、近い地に戴いた。

この時、頼政は、「年ごろ住持するところを、大宮の御所にかへめされて、次の年の春、梅が咲いたことを聞いたので、庭を訪れて下枝に歌を書いて結びつけた」と、詞書した。

昔ありしわらやは宮になりにけり
　梅もやことに匂ますらん

これに対して、多子より返歌をいただいている。

頼政は旧邸の父祖の代から住みなれた懐かしい家や庭、特に梅の花に惹かれて、再度庭を訪れて歌を詠み、花との別れを惜しんだ。

二条帝は幾人もの女性にかしずかれていたが、先々代の亡き近衛帝の后であった多子を、わが后にと望まれ、叶えられた。

二代の帝の后に就くということは、かつてないことである。

近衛帝は二条の父、後白河院の弟であるから叔父にあたる。ひっそりと近衛河原の御所で、十七歳で崩御された帝を偲んでおられた美貌の后を、是が非でももう一度、内裏へ迎えたいと、帝自ら恋の文を送られた。

しかし、大宮となった多子からは、反応がなかった。

帝はあきらめず、右大臣家に宣旨があり、二代にわたる皇后は前代未聞の出来事であったが、宣旨の前には仕方のないことである。

大宮多子の父、藤原公能《きんよし》は娘を説得し、多子は涙ながらに入内を受けた。

入内後は先帝との思い出多い麗景殿《れいけいでん》に入り、そこを御所としたので、日も夜も涙ぐまれるばかりなので、二条帝は興ざめ、間もなく気持ちも冷めてしまった。

二条帝には二人の皇子があった。

第一皇子の母は、右馬助光成という者の娘で、帝はこっそりと忍んで通われた。

譲位された順仁親王（六条帝）の母も、公には知られず、暮夜密かに内裏に呼び寄せたといわれる。

二条帝が病に倒れられたのち、生まれたと聞くだけで、行方知れずであった皇子の所在を、八方捜させた。伊岐という正式に入内した人のお子ではなかった。捜し出した親王は、中宮藤原育子《やす》の養子とし、六月に受禅、即位の式は七月二十七日、関白藤原基実が摂政となって行われた。

上皇となった二条院は、この儀式の様子を見ることも、聞くこともされることなく、翌二十八日崩御された。

即位された六条帝は、わずか七か月の、世にも希有な幼帝であった。帝はまだ嬰児《みどりご》、摂政基実は弱冠二十三歳の病弱であったから、後白河院の院政を恃《たの》む他はなかった。

後白河院が院政のため造営した御所は、鴨川の東岸大和大路から、東大路にまたがる四町四方の宏大な土地で、敷地内の景観は、高殿あり、平台あり、緑地あり、碧山ありという壮観さで、そのうえ大きく北殿と南殿とに分けられている。あまたの殿倉建ち並び、驚くばかりの威容である。

法住寺殿の名の謂われは、この地が以前藤原為光が建立した法住寺の跡地であったことによるが、完成後は長く上皇の執政の場の中心となった。

歌合もまた、ここで催された。

後白河院の仰せに従い、六条帝は譲位して、五歳の上皇となり、代わって建春門院滋子の生んだ憲仁親王が、高倉帝として皇位を継承した。

幼い六条上皇は、新帝即位の前日、内裏を出て東山第に移り、以来訪れる人もほとんどない、淋しい明け暮れだったが、十三歳の夏、痢病に罹りわずか二日ほどの患いで崩御された。

未だ元服もせず、童形のまま東山の清閑寺陵に葬られた。

幼くとも、いったん天位を襲った君が、このように儚い終わりをみるとはと、人々は涙をこぼした。

以仁王は建春門院の妬みを買って、逼塞の日夜を送っていた。平氏の抑圧の下《もと》に成長して、不満が募った。

幼少の頃、天台座主最雲親王の弟子となり、九条の地にある城興寺に入ったことがあったが、座主の寂後元服して、強いられた出家の道を避けて、皇位への望みを持ちつづけていた。

ご生母成子の出自の低いため、以仁王は皇位を望むことはできないといわれていたが、成子は後白河院の従姉《いとこ》に当たり、権大納言季成《すえなり》の娘で以仁王と同腹の五人の兄妹は、それぞれに長姉亮子《りょうし》内親王は斎宮にたったのち、安徳帝、後鳥羽帝の准母となり殷富門院《いんぷもんいん》と称された。

次姉好子《こうし／よしこ》内親王と、末妹休子《きゅうし／のぶこ》親王は時期を違えて、斎宮になっている。兄君《あにぎみ》は仁和寺の守覚法親王《しゅかくほっしんのう》であり、すぐ下の妹式子《しきし／しょくし》内親王は、賀茂斎院にたたれた。

俊成、定家父子が御所に出入りし、式子はその指導の下《もと》に和歌に親しまれ、歌人として優れた歌を詠まれた。

作品は暗鬱《あんうつ》な、悲しみの調べが浸透していて、兄以仁の無慚な最期を遂げられた影響もあろう。

高貴な姫宮でありながら、騒然とした世の有り様の中で、父後白河法皇の崩御ののちに、出家し絶唱ともいうべき歌を残された。

治承三年（一一七九）十一月高倉帝と清盛の娘徳子との間に、言仁《ときひと》親王が誕生する。翌月立太子の儀が行われ、明けて治承四年一月二十日には東宮着袴の儀が執り行われた。

二月には満一歳五か月で即位し安徳帝となった。

清盛の強請による高倉帝の譲位である。

以仁王に、もはや登極の道は、ふさがれてしまった。

三条高倉にある以仁王の御所を、頼政が訪れた。

「今こそ、起たせたもう時期にございます。この機を失すれば、平氏の天下は定まり、もはや諸国の源氏の勢いを集めることはできませぬ」

頼政によって以仁王の胸の奥に、密かに燃えつづけていた不満や屈辱の埋み火が掘り起こされ、赤く火を噴こうとした。

それに先頃、以仁王が外出の折、近づいてきた者が、自分は人相をみるのが得意の少納言宗綱《むねつな》と名乗り、

「皇子さまは、必ず国を受けるという相をしておられます。お志をお捨てになりませぬように」

と告げた。

王はその言葉を胸に暖めつづけている。

わずかな光も、王にとっては虹のごとくまばゆく、小さなささやきも天来の声のように

響いた。

頼政が言葉をつづける。

「以仁王が起《た》たせ給《たま》い、全国の源氏の武士に令旨を発し給えば、勝算は充分にございます」

「諸国の源氏は平氏の力に抑えられ、臣下のごとく服従しているが、果たして私の令旨が彼らを決起させうるであろうか」

王は不安になり、逡巡する。

「私は皇子さまがご年少の頃、近衛河原の大宮の御所で、ご成長なされ、皇位を継がせ給うべき御身を、元服さえひっそりとなされたご様子を存じております。

その後は、風向きによっては皇子さまのあの笛の音が、御所からかすかに聞こえてくるのに耳を澄ませて、戦の合間の慰めを得たり、和歌を詠む感興をそそられたりもしたのでした。

そして、いつの日か皇子さまが、きっと皇位を継がれることを、信じてきたのです」

と熱く懇々と説いた。

昨年十一月より平氏は、後白河法皇の院政を停止し、法住寺殿より、荒廃した鳥羽離宮の北殿にお移しし法皇を幽閉している。

鹿ケ谷の謀議で法皇も、平氏打倒を謀ったという理由からである。

以仁王の書かれた令旨は、源義盛、今は改名して行家と名のる武士が、全国の源氏に伝える役を負うた。

伊豆で流人となっている頼朝をはじめ、摂津、河内、大和、近江の同族に、遠くは甲斐（武田信義）、信濃（木曽義仲）、陸奥（義経）へと急便が走った。

頼政としては、武士の軍事力を側面から助けるのに、寺社勢力に頼る考えがあった。

三井寺を拠点にして、東大寺、興福寺も藤氏の氏寺として、藤氏を圧迫する平氏との間に感情の対立がある。

ただ延暦寺は、三井寺園城寺と長らく抗争を重ねてきていたこともあり、内部の分裂を生じて平氏の勢力も強かったので避けた。


平氏の六波羅には、清盛第を中心に大小の館が軒を連ね、その一族の繁栄の甍は鴨川の川べり、南は七条、西は東山へ、北は四条通を越えて白河に迫る壮観で、公卿も館を新築して殷賑《いんしん》を極めていた。

そんな六波羅から、清盛は近年になり福原遷都の準備に専念して、京には留守がちであった。

六波羅が挙兵を知り、以仁王の企みが明るみに出たのは、六日後の四月十五日である。王の企みを六波羅に告げたのは、能野別当の息子湛増《たんそう》である。

清盛は後白河院の幽閉を解いて、いち早く鳥羽離宮から、八条坊門烏丸第に移した。

「宮は源以光《もちてる》と改名ののち、謀叛人として土佐に流すべし」

と、清盛は命じ、以仁王の配流が宣下された。と同時に王の三条高倉邸と、八条院宮が捜索された。

源氏の蹶起をみるまでもなく、王の企てが露見してしまったので、頼政は平氏の追手を逃れて、王は三井寺に入られるようにと通報した。

頼政は二十一日の夜、思い出多い近衛河原の邸を焼き、仲綱、兼綱以下五十余騎を率いて起《た》った。

平氏は、それまで頼政の動向を知ることはなかったのである。

三井寺では、王を迎えて守護し、六波羅からの通報もはねつけてきたのであったが、寺の中に反対勢力があって、ここで合流した頼政軍の、昼戦は勝ち目がないとする六波羅夜討ちの戦機も失わせた。

二十四日には王は三井寺を出て、南都を頼まれることとなり発っていかれた。

頼政軍は宇治の平等院を本拠として、宇治橋の橋桁を外して六波羅軍に備えた。

南都興福寺の大衆（僧兵）と王が合体されるまで、援護するためである。

宇治橋を中にて激戦が展開された。

平氏は平知盛、重衡、行盛以下二万八千の圧倒的な兵力である。

頼政軍は渡辺党、三井寺の大衆が手強く抵抗するが、やがて平氏軍は馬筏を組んで川を渡り、壮絶な戦いとなった。

気力高揚といえども、七十六歳の頼政は足腰も次第に弱り、平等院の門を守って、矢玉の尽きるまで戦っていたが、敵の放った矢に左の膝口を射られ、今はこれまで、と覚悟を決め、自害すべく静かに門の内に入っていった。

激しい戦いのあと、仲綱、兼綱、仲家、仲光らは枕を並べて戦死し、もしくは自害した。

頼政はかたわらの池の水で、血に塗れた手や口をすすぎ、庭の面に白扇を敷き、西に向かって念仏をくり返し唱えたのち、切腹した。

渡辺唱《となう》が主の首を掻き取り、石にくくりつけて宇治川の深みに沈めた。

頼政の着けていた直垂の懐に、一首の和歌が納められていて、

　埋れ木の花咲くこともなかりしに
　　身のなるはてぞ悲しかりける

と読めた。

宇治川の戦いに加わらず、三十騎ばかりの手勢を率いて、南都に向かって落ちていかれる王は、途中飛弾守景家《かげいえ》に追いつかれ討ち取られた。

南都の大衆七千人の援軍が、王を守護すると迎えに出動していたのに、あと五十町ばかりで間に合わなかった。

王の腰には、愛用の『こ枝』の笛が差されていたという。

鳥羽院から孫子にと譲られ、秘蔵しておられた一管であった。

もう一管の名笛『蟬折』の方は、平等院を発つとき、金堂の本尊、弥勒菩薩に奉納された。

山里の娘ともが、何くれと讃岐の身の回りを手伝ってくれている。今しも気をきかせて、尼削りのうなじに、うそ寒さを覚えた讃岐の膝脇に、そっと火桶と肩当てを置いていった。

いつの間にか陽が移ろい、徐々に青黛色に変じていく山陰に沈もうとしている。紅葉は落日に映えて、なお色を増し何重にも赤を襲《かさね》ているようにみえる。赤は血の色でもあるけれど、それはまた女の着る襲、高貴な女人しか身に着けることはない蜀江錦をも連想する。

待賢門院璋子、美福門院得子、二条帝の妃多子、高倉院の妃徳子。

頼政が小侍従から贈られた唐衣は、どうなったろうか。

出陣の際、家に火を放ち、共に燃してしまったのだろうか。讃岐はその頃、小侍従と同じように、夫の藤原重頼と共に夫の任国に下っていた。

母も、すでにこの世にいなかったけれど、なぜ父の頼政はあの老齢で、まして多くの若い命をまき込み、自ら命を断たねばならない戦などしたのだろう。

その思いは、まるで池の中の藻のように揺曳する。

頼政は花の歌も多く詠んでいるが、

　　春もはて花もおなじくけふちらば
　　　たびたび物はおもはざらまし

という一首がある。

「おなじちるなら、おなじちるなら」と、そんな言葉が常に頼政の胸中から消えなかったのかもしれない。

讃岐は、錦の襲を自分が身に着けることを想像する。歌人は無いことを有るようにも詠む。無い物を持っているようにも創ることをする。

文治三年（一一八七）に俊成の撰集となった『千載集』に、讃岐の四首が採択された。いずれも恋の歌で、

　我が袖はしほひに見えぬ沖の石の
　　人こそ知らねかわくまもなし

も、そうで讃岐の代表作といわれる。

秘めた恋を詠んだ『沖の石』という語は、讃岐の造語で、非歌語、非地名である。その後、陸前と若狭の二つの歌枕となった。

二条帝への秘めた恋心を詠んだ歌は、他にもいくつかある。帝からは、

　いつとても雲井のさくらなかりせば
　　こころ空なることはあらじな

という返歌をいただいた。

讃岐は来《きた》る年に行われる『千五百番歌合』に出詠することになっている。

それを想うと、出離して亡き人々の菩提を弔う明け暮れの讃岐の心に、わずかに漣《さざなみ》がたった。

世阿弥の旅

世阿弥が佐渡へ配流となり、旅立った日の永享六年（一四三四）五月四日は、けぶるような小雨が降っていた。痩せた肩に七十二歳の重みが感じられて、振り返った目が妻の寿《じゅ》椿《ちん》に、達者で暮らせと語り掛けているようだった。

都から若狭小浜まで二十五里、大原の里から真っすぐ小浜へ出る道（鯖街道ともいう）をいくと、途中に峠がある。ここは葛川の谷と、比叡山無動寺の谷の中ほどで、次に鯖街道の難所である花折峠となる。

そこを越えると葛川への深く長い谷あいの下り道、山山をぬって川沿いに街道がつづき、西に丹波山が霞み、東に比良連峰が望める。この街道に沿って流れる安曇川は、翠黛山から流れ出ていて琵琶湖へそそいでいる。

「花折峠」とは世阿弥にとって、ふさわしい名称といえる。この不思議な名前の峠に立って、世阿弥は自分の生き様に似合う場所だ、と実感した。芸術論の題名の、ほとんどに花という文字を使っている世阿弥であったから。今の自分の身の上が、そうであると思ったには、特別の恩情をこうむっていたので、隔世とはいえ感慨が深かった。
翌五日若州小浜に着いた。六日は鹿苑院義満《ろくおんいんよしみつ》の二十七回忌にあたっていた。義満の在世
であろう。そうして「いずれの花か、散らで残るべき」と、残りの信念を新たにした。

小浜は、観世一座で巡業したこともあった土地である。
橘の薫る五月、若狭の地で眺める青葉山の松の緑。その木陰が海の色に映えて、さして
くる潮も緑の浪を漂わせ、碧々と澄んでいる。世阿弥の意識は、流人のそれではなく、旅
人として風景を眺めている。
そんな磯、山の連なる海べりに、白い雲が帯のように漂って、そこを出入りする入船出
船の景色を、世阿弥は白楽天の、唐の潯陽《じんよう》の入江になぞらえる。
小浜で数日船待ちののち、風向きがよくなったのをみて、艫綱《ともづな》が解かれた。老耄《ろうもう》の船出
と世阿弥はいう。
ここで見送りの娘千草《ちぐさ》と婿の氏信《うじのぶ》と別れ、二人の役人と共に海路を佐渡に向かった。世
阿弥が船頭に道のりを尋ねると、
「はるばるの旅路です。風次第ですが、しかし佐渡は遠いですよ」

と答えた。

世阿弥は佐渡へ渡ることについては、流刑とも配流ともいわない。旅なのである。世阿弥は「高砂」の曲で、「旅衣、末遥ばるの都路を、きょう思い立つ浦の波、舟路のどけき春風の……」と九州阿蘇の客人の都見物をつづった。

「鵺《ぬえ》」では、「世を捨て人の旅の空」

「清経」では、「この世とても、旅ぞかし」と。

実際は流罪の途中の今ながら、流刑もまた旅の一部、佐渡では、諸国一見《げん》の旅でありたいと世阿弥は思う。

行く船から眺める世阿弥の視界を、まずかすめたのが白山であった。沖合いからの遠望で、舳《へさき》の向こうに五月雨にかすむ雪の白山がみえた。

過ぐる日、その霊山白山の麓を舞台にした「歌占《うら》」を、今は亡き長男の元雅《もとまさ》が創った。歌を書いた短冊をいくつもの白木の小弓につるして歌を引かせ、歌の文句で吉凶を判断するという内容である。

「歌占」で元雅は、次のようにいっている。

「一生はただ夢のごとし。命は水上の泡、風に従ってめぐるがごとし。魂は籠中の鳥の閨くを待って去るに同じ。消ゆるものはふたたび見えず、去るものは重ねて来《きた》らず」と。

世阿弥は、二年前に巡業先の伊勢で客死した元雅への哀悼の念に捉われた。豊かな才能を有し、類まれなき達人と嘱望されていたのに、四十にも満たない若さで果て、敢えなくなった観世元雅に対する世阿弥の嘆きを、「夢跡一紙」に書きとめている。

白山をあとにすると、塩と珠洲焼をあつかう荘園のある珠洲の海の岬、能登半島の先端がみえてきた。そうして見渡すと能登島はじめ、七つの島々が遥かにうつろうていた。

「平家物語」から、「敦盛」「忠度」「清経」「頼政」などを作能した世阿弥の脳裡には、平家が滅びたとき、その珠洲へ流されてきた大納言時忠のことと、「能登の国　聞くもいやなりすずの海、また吹き戻せ　いせの神塩」の歌が思い浮かんだ。

沖のさざ波が入日を洗い、やがて暮れていくと、漁火が夜の浦を知らせてくれる。

そんな能登をあとにして、船はやがて富山湾に入る。幾日かが過ぎて、船は佐渡へと接近した。

五月二十三日の明け方、佐渡南岸の湊《みなと》が近くなり、波の向こうに一叢《ひとむら》の松が見えた。船頭に尋ねると、

「ここが佐渡です」

といった。多田《おおた》の浦であった。

多田城から役人が出迎えて、都の役人から引き渡された。

その夜は多田の浦の海辺の宿で、波の音を聞きながら、眠れない一夜を明かした。

次の日、多田を発って配所の国仲へ出るため、小佐渡の峠を越えた。笠取という峠で、都の宇治醍醐にも同名の山があると、世阿弥の心は懐かしさでゆれ動いた。

ここ佐渡の笠取峠も、都のそれのように秋になると、さぞ美しい彩りがみられるだろうと、そんなことを考えながら路傍のかえでの病葉《わくらば》に目をとめた。

道中、長谷寺に詣でた。故郷の大和にある長谷寺と同名である。ご本尊も同じ十一面観音が祀《まつ》られていて、世阿弥は懇《ねんご》ろにお詣りをした。

大和の補巌寺では、世阿弥が六十歳の時、夫婦で共に出家を果たした。その際「至翁禅《しおうぜん》門《もん》」という法名と、妻は「寿椿禅尼《じゅちんぜんに》」の名を授けられ、それぞれ一反歩の田地を永代供養として寄進した。

当時は、能役者であり、能作者であり、一座の統率者でもあった世阿弥が、さらに次々に能楽論を完成させていった頃でもあった。「風姿花伝」「花習」「音曲声出口伝」「至花道」などなどと。

長谷寺をあとにして、その夜は新保というところに着いた。宿は万福寺というお寺であった。多田の船着場から、新保まで歩いてほぼ一日掛かった。

ここでは雑太城の代官に受け入れられて、寺に落ち着いた。

万福寺の後方には、老いた松が繁り、季節は初夏なのに、境内の木の梢に吹く風が、ほのかに秋を誘うような気がした。木陰では、涼しく澄んだ遣り水が苔を伝って流れ、岩垣は露としずくでなめらかにぬれて、幾星霜を経たように思われた。

ご住職に聞いたら、本尊は薬師さまであった。如来のみ名を唱えると、万病が除かれるという。しばらく身を置くことになるこの万福寺が、自分の終《つい》の棲家になるかもしれないが、夜仰いだ月は雲居の都をも照らしている同じ月だと思い、世阿弥は自分自身をなぐさめた。故郷の大和にも薬師寺があり、美しい三尊像が祀られている。

「罪なくて、配処の月をみることは……」と世阿弥は書く。私に、何の罪があったのでしょう。島流しにされるようなことを私は為《なし》た覚えはありません。そのように世阿弥は思った。

世阿弥、観世清元《きよもと》は、猿楽能の一座を率いる観阿弥清次《きよつぐ》の長男として生まれた。

伊賀観世の系統であった観阿弥が、京に出たのは、七日間にわたる醍醐演能に従ってであった。この時、世阿弥は弱冠十歳で至芸を演じた。幼い頃より父観阿弥の厳しい演技指導がされていた。

ついでその二年後、今熊野《いまぐまの》での観阿弥の「翁」を、将軍足利義満が観覧し、それ以来観阿弥が斯界の第一人者と認められた。それと共に世阿弥の美しい容姿と、若年ながらの素晴らしい芸が人目を惹いた。それ以後、義満の世阿弥父子に対する傾倒は終生変わらなかった。

世阿弥は権勢並びない将軍義満に引き立てられ、同じ頃奈良東大寺の尊勝院主に伴われて、将軍の指導役であった二条良基《よしもと》に会った。そうして良基は、「藤若《ふじわか》」という名と、「松が枝の藤の若葉に千とせまで、かかれとてこそ　名づけそめしか」という和歌を世阿弥に贈った。

良基は、一時奈良東大寺に在住していた世阿弥を、尊勝院に逢わせてほしいと乞うた。

——藤若に逢った日は一日、心が上の空になってしまった。ぜひもう一度、つれてきていただきたい。

能楽はいうに及ばず、鞠、連歌なども堪能なのは、並のものとは思えない。何よりも顔立ちよく、姿形、風情にうっとりと見ほれてしまう。そのうえ、りりしく健気である。このような名童はまったく他にはいない。

将軍が賞翫なさるのも、理と申せましょう。まったく得難い時を得たという思いがする。かの藤若に逢えたことは不思議な気さえする。どうか同道してきてほしい。わたしは、すでに埋木になりはてているが、身のうちに心の花が残っていると、そんな気持ちがする——


と。以後、藤若は鞠や連歌の相手をする。

義満の寵愛もますます深まり、永和四年(一三七八)六月七日の祇園会《ぎおんえ》には、将軍は桟敷に藤若と同席して見物した。

それに対して三条公忠は、

——このような猿楽者、すなわち乞食を、賞翫し近仕させるなどということは、まったく常道ではない——

といった。猿楽は「七道の者」といわれて、漂白の白拍子《しらびょうし》、神子《みこ》、鉦叩《かねたたき》、鉢叩《はちたたき》、歩き横行《おうこう》、猿引《さるひ》きと共に下層の賤民の職といわれた。

そんななかで世阿弥は、若年から貴族社会に受け入れられ、それらの教養や嗜好が身に付いた。

もちろん、父祖伝来の体質というものがないわけではないが、世阿弥には生まれながらにして、義満や良基と同じ感覚を備えていて、感受性豊かな成長期に、こういう貴人たちとの生活に馴染んだということから世阿弥は同化していった。

至徳元年（一三八四）五月、観阿弥は駿河国浅間《せんげん》神社に下向し、法楽能の舞台の直後に逝去した。五十二歳であった。

世阿弥は二十二歳。猿楽の庇護者義満の全盛期ではあったが、世阿弥自身の修行はもちろんのこと、観世座の座運の保持にも努めた。世阿弥はその努力と才能と機運により、心技共に充実し名人として世に認められる。が、家庭では結婚生活十余年になるが、まだ子供に恵まれなかった。妻の椿もこのことを苦にして、神仏に祈願したり医薬を試みたりしたが、いっこうに効きめがなかった。

この頃、世阿弥の弟四郎に男子が誕生した。その子を世阿弥は、観世本家である自分の養嗣子としてもらい受けた。名は三郎元重、観阿弥の三郎、世阿弥の三郎とつづく由緒ある名跡である。

それから一年後に十郎元雅が生まれた。夫婦にとっては、わが子に跡を譲りたいと切望した。甥である養嗣子は、元雅の危険な競争者であった。

しかし当人は無心に、本当の弟を得たように、喜んで仲良く健やかに育っていった。稽古にいそしみ、豊かな天分を示して養父を驚嘆させた。養父母の意に背かない、器量は抜群である。まして世阿弥にとっては、弟の子でもある。廃嫡する口実はない。

二年後には次男七郎元能が生まれる。

演能については、醍醐三宝院において「観世」の猿楽があった。ついで、京都郊外山科の一条竹鼻《いちじょうたけび》で「観世」の勧進猿楽を興行する。「狂言」も行われた。義満、青蓮院・聖護院両門主も臨席している。

五条因幡堂での勧進猿楽、義満の北山別邸に後小松天皇天覧能に、近江猿楽の犬王道阿弥《いぬおうどうあみ》と共に演能する。

ちなみに猿楽は、農村神事に根ざした、わが国に古くから伝わる娯楽性の強い田楽に並ぶ芸能である。雅楽に対する俗楽として、朝廷で調習された散楽が、やがて「猿楽」といわれて祭礼の場や法会の余興として行われ、それが社寺の修復や土木工事のための資金集めを名目とした、勧進興行へ移行していった。それに伴い座が構成される。

猿楽能が大きく変貌をとげ、やがて田楽を圧倒し時代を代表する芸能に成長したのは、観阿弥、世阿弥父子の功績であった。

世阿弥はまた、父観阿弥の芸道上の教えをまとめた「能楽論」を書きすすめ、その能楽論もやがては世阿弥独自の考えを創りあげていく。

花の御所といわれた室町第を十二歳の世子義持《よしもち》に譲って、義満は西園寺氏の山荘を接収して、壮麗な北山第（金閣）を造営し、ここに移った。すでに出家していたが院政を敷き、政務と実権は手放さなかった。

義満が五十二歳で没した。北山第行幸の二か月後であった。

そのあとは義持が実質の四代将軍となるが、義持は先代義満の遺制を次々にくつがえしていく。その根底には異母弟義嗣への、生前の父の偏愛によるところもあった。世阿弥に対しても、義満の息のかかった者は、総て変えたいという義持の感情で、田楽能の増阿弥《ぞうあみ》が贔屓にされた。

対外的には観世座の中でも、世阿弥、十郎元雅、次男の元能と、同族の四郎、三郎元重とも競い合わねばならなくなった。そんな状況のなかでも世阿弥は、能楽伝書の執筆と作能に情熱を注いだ。

将軍家の周辺では、幽閉中の義嗣が亡くなり、その七年のちには、将軍職を譲られた義量《かず》が十九歳で早逝した。義持の再度執政となったが、四十二歳で没する。

六代将軍には義持の弟、青蓮院座主義円《ぎえん》が還俗して継ぎ、義教《よしのり》となった。応永三十五年（一四二八）一月のことである。間もなく四月には改元され正長となり、翌年には永享と改まる。

義教が将軍に就いてからは室町第の演能、仙洞御所演能を今では音阿弥《おんあみ》となった三郎元重が演じた。室町御所笠懸《かさがけ》の馬場で催された多武峰様猿楽は、元雅と音阿弥他が演じたが、この時、観世両座と呼ばれるほど、音阿弥の一座は強大になっていた。

この多武峰《とうのみね》猿楽の十日後、突如として義教により世阿弥、元雅父子は仙洞御所出入り差し止めとなった。

永享三、四、五年の将軍参賀の仙洞御所猿楽は、常に音阿弥の出演によるものとなり、観世といえば音阿弥を指すまでになった。永享五年（一四三三）四月、醍醐清滝宮での演能では、音阿弥が世阿弥と元雅に代わって、観世新大夫となった。

元能が芸道を捨てて仏道に入ったのは、永享二年のことであった。父世阿弥の芸談を筆録した「中楽談儀《さるがくだんぎ》」三十一か条をまとめて残していく。

長男の元雅が、大和国吉野の天河社《てんかわ》に「心中祈願」の能「唐船」を奉舞し、この時の尉面《じょうめん》（翁の面）を奉納したのは、わが観世家の将来のよきことを念《おも》ってのことであった。

永享四年八月一日、元雅は都での演能が不可能になったため、地方巡行に出て、旅先の伊勢で客死する。

元雅のことは世阿弥も、その才能を賛えていたし、「隅田川」「弱法師」「盛久」「歌占」などのよい作能がある。四十にも満たない元雅の死は、世阿弥夫妻にとって悲しい出来事であった。

世阿弥が佐渡へ配流になったのは、この翌年のことである。原因は観世の芸道上の秘伝書を、新大夫となった音阿弥にでなく、娘婿の金春《こんぱる》氏信に譲ったからか。世阿弥にとっては氏信が、芸の上でも近い存在であったのである。

実際には「風姿花伝」その他は、音阿弥の父四郎に相伝してあったし、それに音阿弥は今では押しも押されもしない猿楽の第一人者である。今さら秘伝書に頼る理由はない、と世阿弥は思った。

流謫《るたく》の身に初めて迎えた佐渡の冬に、世阿弥は耐えた。都での不自由のない生活、妻との家庭から引き離されて、ひとり島にいる世阿弥は、配所の満福寺で佐渡でなければ創ることのできない作能を志向した。

気候のよくなった六月、世阿弥は八幡宮に参詣した。西は入海、白砂が雪かと見えて、一叢《ひとむら》（集まっている）の松林のうちに八幡宮があった。時鳥《ほととぎす》という鳥は、都では待ちあぐねて聞く鳥であるが、佐渡では山路はもとより、軒端の近くでさえ姦《かしま》しいほどに鳴いている。ところが八幡では、その音を聞かない。不思議なことだと思い、

「どうしたことですか」

と世阿弥は宮人に尋ねた。

「ここは古く京極為兼卿《ためかねきょう》のご配所で、卿は、鳴けば聞く聞けば都の恋しきに、この里過ぎよ山ほととぎす　と詠まれたのですが、するといつのまにか鳴くことがなくなったのです」

と話した。

四十五歳で佐渡に配流となった卿は、鹿の歌百首を詠み、佐渡にいて遠く氏神である春日の神に赦免の一日も早いことを託した。春日の神は為兼の先祖、藤原氏の祖神であり、ひたすらに都に帰ることを願いつづけ、やがて帰洛が叶い、その百首を春日社に奉納した。花を愛でて鳴く鶯や、水に棲む蛙でさえ歌を詠う。同じ鳥の時鳥が、どうして心がない

といえるだろうか。ありし日の為兼の都を恋うた心に世阿弥は、――ただ鳴けや　鳴けや老の身われにも故郷のあるものを――と自分の思いを重ねた。

世阿弥は、「八幡」を作能している。義持が将軍に就任した時の祝いの曲で、世阿弥は六十一歳であった。

「八幡」は、武神としての男山（石清水）八幡宮の神威を讃える内容である。足利氏（清和源氏）の祖神が八幡大菩薩であり、幕府をひらいた足利尊氏が元弘の変で西上した折、丹波の国の篠村八幡宮で旗揚げし戦勝を祈ったことによっている。


夏の頃になって、世阿弥は新保から少し離れた泉を訪ねる。国仲丘陵の麓に人家が甍を並べているのが、一瞬都のように見えて、望郷の思いにひたった。丘を少し登ったところが、順徳院の配所である。

二世紀も前の承久三年夏、東国から攻めのぼってきた北条義時の大軍に、後鳥羽上皇をいただいた京の軍勢は、美濃と尾張で防戦するが、破れてちりぢりになって都へ逃げ帰る。旗揚げのあと一か月で倒幕の夢はついえた。

鎌倉では頼朝が亡くなり、実朝が公暁に暗殺されたので、源氏の系譜は絶えた故、幕府の力を軽くみたのであった。

後鳥羽上皇の皇子土御門院は、父上皇から倒幕の計画を打ち明けられた時、気がすすまなかったひとりである。十一年前に後鳥羽上皇により退位し、異腹の弟順徳が皇位に就いた。土御門院は穏やかで、思慮深い人柄で、順徳院は少し才《かど》めいて、あざやかと評された。

十四歳で即位した順徳院の天皇歴は十年、有職故実の研究に没頭され、賢所や清涼殿、紫宸殿の様子、宮廷内の毎日の行事、慣例などをこまかくまとめた「禁秘御抄」の著作は、二十歳の時のものである。

和歌を詠み、歌道の研究もした。二条殿に和歌所を造り、「新古今和歌集」をまとめた後鳥羽上皇の影響もあり、加えて藤原定家や家隆がそばにいた。

「順徳院御集」に収められた千九百九首は、十五歳から十年間に詠まれたもので、平安朝期の歌学の集成「八雲御抄」は、二十五歳で佐渡に流される以前に、稿本ができていた。

東国の軍勢は承久三年（一二二一）六月、京に近い宇治と瀬田を越えて都になだれこんだ。七月には順徳院の皇子仲恭天皇が、退位に追い込まれた。争いに備え、順徳院が皇位を譲られて、わずかに七十日の天子であった。

後鳥羽上皇は隠岐へ、順徳院は佐渡へ配流と決まった。土御門院には、咎《とが》めはなかったものの、自身の希望で土佐に流れることとなった。

土御門院は八年のち、配所の阿波でむなしくなった（亡くなった）。三十七歳であった。後鳥羽上皇は十八年住んだ隠岐で、六十歳で亡くなる。いちばん遠いところへ流された順徳院は二十一年を生きて、自らの命を絶った。四十六歳の秋であった。

順徳院の在世中に藤原定家による「新勅選和歌集」が完成したが、順徳院の歌はなかった。幕府の意向を、はばかってのことである。

「なおながらえて……春を待つべき」という励ましにすがりつつも、いつになっても帰洛の報《しら》せのないままに、日に日に悩みは深まっていった。仲恭廃帝の死も伝えられ、生き永らえることは無益だと叡慮され、食を断ったということである。

配所のあとには、順徳院遺愛の山桜がみとめられた。十善の果報を受けて天子となった方の、愛でられた花と思って花の咲く様《さま》を想像した。

都の春の、のどかな住まいに比べると、こうして遠く離れた鄙びたところでの暮らしが、若い院にとってどれほど淋しく、心細く、辛いものであったかと思いやられて、世阿弥には痛いほど院の心の裡《うち》が察せられた。

院の配所の建物の跡には萱草が辺りに繁り、草葺きの家の軒端《のきば》には、忍ぶ草が簾《すだれ》のようにしなだれて垂れ下がっている。

夕立がきて、庭のたまり水が流れている。苔や岩間の下を這って流れてくる水には、秋がもう訪れている。手に水を掬うと、爽やかだった。

かつては錦の高貴な寝具に臥した身が、墨染の衣を着る世捨人とあまり変わらない苔の筵《むしろ》を、しとねとして臥すなどと、誰が予想したであろうか。

人ならぬ　いわ木もさらにかなしみは　みつのこじまの秋のゆふぐれ
たきぎこる　遠山人は帰るなり　里までおくれ　秋の三日月

これらは順徳院の多くの歌のなかの二首である。

薪木を伐り取って遠い山人が帰る。その山人を里まで月明かりで送ってやりなさい、秋の三日月よ、と、かつて順徳院が詠んだ秋の三日月が、いま雲の端にものうげに光を放っているが、この世の儚さは、天皇であっても逃れることのできないことであった。自分もまた、その光の陰の憂き世を生きている。

地獄の底に落ちたら、王族であっても奴隷であっても、同じ苦しみを受けることに変わりがない。けれども、ここ泉の水も、あなたのようなお方が住まわれれば、「蓮葉の濁りに染まぬ」と詠われたような清らかさで、極楽浄土となることであろう。

世阿弥は順徳院を偲《しの》び小謡「泉」を創った。太平記を精読していた世阿弥の念頭には日野資朝が、そして日蓮もあったのだろうが、作能にはならなかった。

残してきた都の妻子に、世阿弥は不自由ななかから便りを認《したた》める。

「御文うれしく拝見しました。寿椿を御扶持いただいていることについて、お礼を申したところ、こんどは私のところまでお心づかいをいただいて、お陰で佐渡では人目も外聞も、さしさわりなく保たれております。銭十貫文、たしかに受け取りました。万一、許されて帰ることにもなりましたら、お目にかかって、詳しくお話をし、またそこもとのお話もうけたまわりたいと思います。

本当に、留守といい、旅といい、方々へのお配慮、ありがたくお礼の言いようもありません」

それから氏信から質問してきた鬼の能について、世阿弥は懇切丁寧に答える。かつて氏信が二十四歳の頃、娘婿の氏信に世阿弥は能の演技論「拾玉得花《しゅうぎょくとっか》」を伝授している。相伝の理由を「芸能にすぐれた点があるので」とした。氏信も「この一帖は若年の時、師家から伝書されました」と記《しる》して、世阿弥を「師」と仰いだ。

その氏信の気持ちは、状況がどのように移っても、少しも変わらない。次に、

「ここ佐渡は想像外の田舎ですので、料紙なども調達が不便で、無思慮なこととお思いでしょうが、妙法諸経のありがたい教えも、藁筆で書くというためしもあります。道の大事を書くこの紙は、粗末ではありますが、全紙とお考えなさってください。なお、よくよく法を守ってお暮らしください。お尋ねの私の佐渡での暮らしぶりの大がいは、記してのちほどお送りいたします。

恐々　謹言

六月八日

至翁　世阿

（花押）

金春大夫殿

参る

」

銭十貫文は北宋銭で一枚が一文。十貫文は一万枚で、重さにすれば、およそ三十キロほどになる。京から使いの者が届けた。

手紙の往復には一か月以上かかった。

料紙は半紙よりやや小さい粗末な精製の紙で、横に二枚つなぎ合わせてある。佐渡に製紙業がなかったので、入手が困難であった。

「お便りが届きうれしく存じております。

佐渡でのお暮らしが、どれほどご不自由なことかと、いつも心にかかっております。初めての冬の寒さを、どのようにしのいでおいでかと心配しておりました。

寒い冬は、日本海は時化《しけ》て、船の往き来が不可能になるとのこと、やっとこちらからの便ができました。あなたのお便りで、落ち着かれた先のお寺での暖かいお心くばりや、里人の親切に助けられた日常のご様子に、少し安堵しております。

私《わたくし》のこちらでの暮らしは、京よりここ大和の娘夫婦の家に引き取られてきましたものの、婿の氏信どのが何くれと親身に接してくださる故、お陰でそれほど気がねもせず、安泰に日日を送らせていただいております。

氏信どのは金春座の統領として、近江、丹波、河内から北国まで旅興行に回られ、帰ると孫の元氏に稽古をつけられます。

料紙がご不自由なのは謡曲を書きとめられるのにもお困りのことでしょう。何とか次の便のついでに一緒にお運びいただけるように、千草と共に氏信どのにお願いをしておきます。

どうぞくれぐれも御身ご大切にお過ごしくださいませ。

七月七日

寿椿

世阿弥さま　参る

」

寿椿は夫に便りを書きながら、世阿弥の「砧《きぬた》」を思った。「砧」の舞台は九州の芦屋、遠賀川河口の村で、陸海路に恵まれ里人も多く町は栄えていた。

この町のひとりの男が訴訟のため都に上り、すでに三年になる。故郷のことが気がかりなので、ひとまず侍女の夕霧を国に帰す。そして今年の暮れには必ず帰るからと伝える。夕霧の訪れを知った男の妻は、思い乱れ心が揺れ動く。心ならずも三年も都住まいをしてしまいました、という夕霧の言葉に深く傷つき、夕霧との間に微妙な心のあやをみる。

「この三年の春秋が、もし夢であるなら、この辛い思いは覚めるはず。けれど夢でないので、そのまま覚めることはない。楽しい思い出は、わが身に残るものの、昔の暮らしは変わってしまって跡形もない。本当に『偽りのなき世なりせばいかばかり、人の言の葉うれしからまし』と古人が詠んだのも尤もなこと、人の言葉は偽りの多いものなのに、それを信じたわが心は愚かであった」と。

やがて妻は、里人の打つ砧の音に蘇武《そぶ》の故事を思い出す。唐土の国で蘇武という者が、胡国に捨てておかれた時に、故郷に残しておいた妻や子が、夫が夜寒に寝覚めがちであろうと思い、高殿に上って砧を打った。すると、その心が通じたのか、遥かかなたの蘇武の旅寝の夢に、故郷の砧が聞こえたという。

松風の音、夜寒を知らせる風の響き、心にしみるような寂しい牡鹿の鳴く声、梢からひとひらの葉が散り落ち、荒涼とした空の冷たい月の光が軒の忍ぶ草を照らす。

蘇武が故国を離れて起居したのは北の国、わが夫のいるのは東の空であるから、西からくる秋の風が、この音を東に吹き送れと、遠くへだたっていることながら、織り目のあらい、この衣を打つことにしよう。

あの人のことを、ただあの人のことばかりをあれこれと思っていると秋の夜長、この月の下《もと》では、とても寝ることはできないので、さあ衣を打とう。

あの七夕の契りにおいては、二つの星は一年に一夜だけのかりそめの出逢い、天の川の波が立つと逢うことは叶わない。もろくも落ちる梶の葉の露のような涙によって、二つの星の袖はしおれてしまう。天の川原に生える水陰草よ、泡と共に波打ち寄せて、二つの星を逢わせておくれ。

八月九月となれば、まことに秋の夜長、その長い夜に打つ砧の音によって、この辛い思いをあの人に知らせたいもの。月の色、風のけはい、月の光に映える霜までが、ぞっとするほど心さびしい折から、砧の音、夜嵐の音悲しみのあまり忍び泣く声、虫の音入り混じり、露も涙も乱れ落ちて、ほろほろはらはらと、どれが砧の音であろうか。

この時、都の夫から、この暮れにも帰ることはできなくなったという便りが届く。せめてこの年の暮れこそはと、希望を持ったのに、それでは本当に心変わりしてしまったのか。女の泣く声は嗄れ、枯野の虫の音のようだ。華やかさを残していた女心の乱れ狂う様《さま》は、晩秋の風に乱れる草花のようで、ついに病床に臥し、やがて空しくなってしまった。

年老いた寿椿には、過ぎていった日々も、夫との隔たりも、今はただ茫々として、夫の消息を頼りにひたすら無事を祈り、再会の希みをつないだ。

新保万福寺での滞在は、三か月ほどで世阿弥の配所は泉に移った。戦が起こり、合戦の巷《ちまた》となったからである。永享七年の春がきている。

十社の社《やしろ》で「十社」という新曲を奉納した。地頭や宮人が加わり、世阿弥がシテ役を勤めて演じた。

ひとは、神の加護の下《もと》にある。神は神官の行事により、その威光を増すものである。五衰《ごすい》の眠りを、仏法の悟りである無上正覚（悟り）の月が醒《さ》ましてくれる。ひとびとの息災延命を守ってくれる神は、ありがたい。

日本の国は、聖代や神々の恵《めぐみ》によって国土は豊かで、民は豊年を楽しむ御代になっている。九重の春は久しく、十社の神には曇りがない。

世阿弥の神仏に対する信仰と尊崇心が、強い支えとなって平静な気持ちを保たせる。

能（猿楽、申楽）は神楽にはじまる。と、かつて世阿弥は「風姿花伝」に書いた。

「申楽、神代の始まりというは、天照大神、天の岩戸に籠りたまいし時、天下常闇になりしに、八百万の神たち、天香具山に集り、大神の御心をとらんとて、神楽を奏し……」と。

桜花咲きほこる春爛漫の社での能奉納は、「花伝」でいったように「諸人の心を和らげて、上下の感をなさん事寿福増長の基、加齢延年の法なるべし……」であったし、「咲く花のごとくなれば、またやがて散る時分あり」の心境であった。

世阿弥は佐渡に古くから住む人に由来をきいてみた。

「秋津島といわれる日本は、辺鄙な小国であるが、天照以来の日の神の系統を継いできた。それで、この国の名前を尋ねてみると、神道ではさまざまにいわれている。大日本とは、青海原のそこに大日という黄金の文字が現れたことから、後代にこう名付けられた。この国のはじまりは、天祖が譲ったもので、天の浮橋の上から下したもうた矛のしたたりでできた。南は淡路のくにと北海の佐渡である。七葉の蓮華の上から浮かび出た国として、この二つのくにを、神の父母というのです」

老人はそういった。世阿弥も同じように思った。

北野天満宮（菅原道真）のうたにも、「かの海に黄金の島のあるなるを、その名をとへば佐渡というなり」とあって、佐渡という妙なるくにの名前は、久しく知られている。島の老人が話をつづけた。

「神代におけるイザナギ・イザナミの二神は、いまは別別にいて、イザナギは熊野の権現となって南山（熊野山）の雲に種を播いて国土を治める。イザナミは白山権現となって北海に種を播き、菩提涅槃の月影のように、ここ佐渡の国の北山に毎日影を映している。国土は豊かで、民もこころ優しい。そのように佐渡という島は、白山と神のともにおさまる国なのです」

そのあらたかな島に、かりそめの身をおくことになったことは、どうした他生の縁によるものだろう。自分のごとき雲水にも、衆生と諸仏をおかさず住むにまかせて住まわせてくれる。山は高い。海の水は深くたたえている。語り尽くす山雲海月ということばがあるが、山の雲、海に照る月、目にはいるものはみな無言だが、心を語ってくれている。おもしろいのは佐渡の海だ。眺めてみれば、青山のよそおいを湛えて、名前を佐渡という。妙なる島である。と世阿弥は讃えた。

二月と十一月の初午の日が、春日社祭の日であった、と世阿弥は考え、同時に大和に住む妻子を思う。二月の祭りには、春日の山の峯にまで詠み響くほどの音楽が神前で奏される。

そうであるから、興福寺の西、東西金堂における法事も、まず猿楽の能の謡いや、舞を奏して世の万歳をいのり、国も民も豊かで新しい春を迎えつつ、年を積んでいくのである。

これが薪神事で、二月に雪の間を分けて参拝した春日野に、霜の降る十一月にも春日の神をお祀りする。この遊楽を納めることの、今に絶えないのは、ありがたい神道のお陰であって、行く末久しく栄えることであろう。

この興福寺神事猿楽は、四つの座（大和猿楽四座）の長が「式三番」を奏するならわしであった。天下泰平のご祈禱である。その神事を世阿弥は、忘れはしない。

「これを見ん、のこすこがねの　しまちどり　跡も朽ちせぬ　世々のしるしに」と歌にも詠んだ。

世阿弥は佐渡において、新しく小謡曲舞《くせまい》集「金島書」を書きあげた。佐渡へ向かう道中を記した「若州」と「海路」。佐渡での動向を書きとめた「配処」「時鳥」「泉」「十社」「北上」の七編と、ほかに無題、仮題として「薪神事」の八編からなる。

世阿弥は生涯の形見ともいえる一編の作能を終えて、過去の多くの能曲に思いを巡らせた。

なかに「綾の鼓」がある。女御に恋をした庭掃きの老人が、鼓の音が聞こえたら姿をみせようという言葉を信じて、鼓を打つ。しかし、鼓は綾を張ったもので音は出ない。鼓が鳴ったら、そのあとの暮れこそ逢う時と頼もしく思い鼓を打つ。

――さなきだに闇の夜鶴の老の身に　思いを添うるはかなさよ――

義満には愛妾が幾人もいた。親王の称号が欲しいあまり、将軍に差し出された、親王の愛妾小少将《こしょうしょう》、中山親雅の妻加賀局《かがのつぼね》、義満の弟満詮の妻誠子《ともこ》、日野資康《すけやす》の妻池尻《いけじり》、正室は日野業子《なりこ》。

「綾の鼓」の女御が誰であったか。今では激しい恋慕も、得恋も失恋も世阿弥の情念と行動の総《すべ》ては、虚実ともに能曲に凝縮された。

嘉吉元年（一四四一）六月二十四日、義教は播磨守赤松満祐《みつすけ》に邸に招かれ刺殺された。赤松邸は、東は西洞院《にしのとういん》、北は六角通りに面する数千坪に及ぶ宏大な屋敷である。邸内の庭園の大池に群れるカルガモの見物と、そのあと「お成り能」として音阿弥の能と、幸若の舞が演じられた。

音阿弥の能「鵜羽《うのば》」で、神代の豊玉姫に扮した音阿弥の姿が消え、再び鼓の音が鳴り幸若の舞が始まった。

この時、座敷から見物の義教は、当主赤松満祐の弟、左馬助に弑逆《しいぎゃく》された。その場の様子は凄惨なものであった。庭にしつらえられた能舞台の上では、あかあかと篝火に照らし出されて、「人間五十年、下天のうちをくらぶれば　夢まぼろしのごとくなり……」と、将軍の好む「敦盛」が舞われていた。義教四十八歳であった。

幕府では、無叛人赤松満祐を追うより先に、将軍の死より十日後、大赦令が発せられた。「言語道断」「前代未聞」「万人恐怖」狂気の時代と恐れられて、将軍の「公方様背御意」と勘気に触れて処罰された人々を赦免した。

世阿弥に罪の意識が、まったくなかった、というのではない。

公方様の意に背くことが、定まった刑法より優先される時代であることを知ったからだ。しかし、重罪犯とは考えていなかった。配所で、その罪をつつましく償うほかなかった。かりそめに身を置いたこの島は、黄金の島、妙なる島であるけれど、遠からずここを去ることもあろうと乞い希《こねが》った世阿弥のねがいは果たされた。

了

コラム　観劇のこと

一、二年の間コロナ騒動で開催されなかったが、今年令和六年（二〇二四）になり、次々と上演されることとなった。

一月には大阪の松竹座で板東玉三郎の初春お年玉公演と題して、上演された。演目は、「口上」と地唄黒髪と由縁《ゆかり》の月の舞踊に、「天守物語」の一部と箏の演奏もあった。

前後するが、前年令和五年十二月、吉例顔見世興行があり、市川海老蔵改め、十三代・市川團十郎白猿襲名披露公演があった。

演目は「双蝶々曲輪日記」（角力場）、第二は「外郎売」（八代目市川新之助初舞台）、第三に「男伊達花廓」、第四に「景清」である。

「口上」は夜の部だったので観ることは、できなかった。

市川新之助の「外郎売」は、立て板に水のような早口の言い立てに感心し、「男伊達花廓」での禿の市川ぼたんさんの美しさと可憐さに堪能したことであった。

令和六年（二〇二四）、今年になって三月、南座で「河庄」と、「忍夜恋曲者」〜「将門」

を観た。
「河庄」は近松門左衛門歿後三百年と題して『心中天網島』が、もとになっているという。
「河庄」を観にいく少し前、谷崎潤一郎の小説『瘋癲老人日記』で、（河庄）を観にいく個所があり、興味があった。
「河庄」の配役は、中村壱太郎、中村隼人、上村吉弥、片岡松之助、尾上右近といった人たちで、すっかり若い俳優になっていた。
歌舞伎はいろいろ観てきたが、中でも忘れられない演目に「黒塚」がある。
謡曲に作者は金春禅竹（世阿弥の女婿）の「山姥」がある。
〝今までここにあるよと見えしが
山また山に巡り　山また山に巡りして
行くへも知らずなりにけり〟
（みちのくの　安達原の黒塚に
鬼こもれると　きくはまことか）
源兼盛の和歌で、「大和物語」にも兼盛の女性遍歴を思わせる譚がある。流離の人の物語が、みちのくの安達ヶ原に埋もれ棲んだ、高貴な姫の話であろうか。なぜか怪奇な伝説となって伝わっていった。

そのかげには長い時間をかけた伝承の歴史があり、伝え手のさまざまな境遇を生きてきた怨みや憤り、悲しみが、ときどきに混入され淘汰されていったということであろう。

梗概は、廻国行脚の僧が、みちのく安達ヶ原にいたって、日暮れとなり彼方のひとつ家の灯をたよりに尋ねていって、宿を借りた。

夜寒の柴を取りにいくあるじの老女が、しきりに部屋の一間をみることを禁ずるので、夜半禁を破って閨を覗くと、内は山積する屍体と膿血腐爛の悪臭にみちみちていた。

おどろき怖れて逃れる僧のあとから、鬼と化した老女が追ってきたが、僧のとなえる行法に屈して暗黒の闇に消え去っていく。

老女のいう「侘人」とは、失恋孤独の隠棲の境遇をいっている。

結語として（胸を休むることもなく）（あら定めなの生涯やな）と吐息のような怨みの言葉があり、変動にみちた半生を歩んだ一人の女性の詠嘆の情がこもっている。

平成十三年二月、松竹座で（黒塚）を観た。

配役は老女岩手、実は安達ヶ原の鬼女、市川猿之助。

舞台に、大きな鎌のような月がかかっている。一面の薄《すすき》原、月光を浴び薪を背負った岩手が、舞台下手、奥の方から薄を分けて現れる。月の光に影を引くわが姿に酔うように、あるいは恥じらいをみせ、あるいは幼女のようにあどけなく無心に舞う。老女の喜びが表現される。

そこへ慌てふためいて駆け出る強力の様子から、寝屋の内を覗かないでほしいといった約束が破られ、裏切られたと知った老女岩手は怒りひととき闇に消える。

猿之助の衣裳は、上はきらきらした浮模様の宝づくしの紋様で、帯から下も色とりどりの華やかさで、黒髪に押さえの輪形をつけている。

後半鬼女となってからのよそおいは、髪はざんばら長くたらして、白に青い横しまの着物に黄色い袴をつけている。

顔は一変して鬼、太い線の青い模様が塗られ、真っ赤な口を開けて、右手に金属の細い棒を持っている。

舞台での囃《はやし》は鳴り物、三味線、笛いずれも素晴らしかった。

参考資料

●夜叉姫

『平家物語』　梶原正昭　校注　山下宏明　校注　岩波書店

●鷹丸は姫

『桂離宮』　伝統文化保存協会
『三藐院　近衛信尹　残された手紙から』　前田多美子　思文閣出版
『茶碗』　佐々木三味　晃文社
『能楽集』
『源氏物語』
『細川家　美と戦いの７００年』　芸術新潮　二〇〇七年十月号

●日野椿
『天皇史年表』　河出書房新社
『世界大百科事典』　平凡社

●源頼政と娘讃岐
『百人一首の世界』　林直道　青木書店
『百人一首の美学』　保坂弘司　学燈社

●世阿弥の旅
『世阿弥』　堂本正樹　劇書房
『世阿弥』　北川忠彦　中公新書

『世阿弥』　白洲正子　講談社文芸文庫
『世阿弥』　山崎正和　河出書房新社
『謡曲集』　日本古典文学全集　小学館

著者プロフィール

谷口 弘子（たにぐち ひろこ）

1933年　兵庫県宝塚市生まれ

相愛女子短期大学家政科食物科卒業

著書『天女《てんにょ》をみた』（2006年、編集工房ノア）

『現代作家代表作選集 第６集』（勝又浩「解説」、2014年、鼎書房）

『八条院暲子』（2020年、文芸社）

『藤原定家の妻』（2022年、文藝春秋）

烏羽玉《うばたま》の夢

2024年10月15日　初版第１刷発行

著　者　谷口 弘子

発行者　瓜谷 綱延

発行所　株式会社文芸社

〒160-0022 東京都新宿区新宿1－10－1

電話 03-5369-3060（代表）

03-5369-2299（販売）

印刷所　株式会社平河工業社

ISBN978-4-286-25630-6